華山前生

화산전생

정준 신무협 장편소설

ORIENTAL FANTASY STORY & ADVENTURE

dream
books
드림북스

화산전생 7

초판 1쇄 인쇄 2017년 11월 16일
초판 2쇄 발행 2018년 7월 23일

지은이 정준
발행인 오영배
기획 박성인
책임편집 이신옥
표지 일러스트 eunae
디자인 권지연
제작 조하늬

펴낸곳 (주)삼양출판사 · 드림북스
주소 서울시 강북구 도봉로 173
대표 전화 02-980-2112 **팩스** 02-983-0660
편집부 전화 02-980-2116 **팩스** 02-983-8201
블로그 blog.naver.com/dreambookss
출판등록 1999년 3월 11일 제9-00046호

ⓒ 정준, 2017

ISBN 979-11-283-9280-1 (04810) / 979-11-283-9192-7 (세트)

드림북스는 (주)삼양출판사의 판타지 · 무협 문학 브랜드입니다.

화산전생

華山前生

7

정준 신무협 장편소설

ORIENTAL FANTASY STORY & ADVENTURE

dream
books
드림북스

목 차

第一章
모사미봉(謀士美鳳)

"으아아악!"

맹강이 화를 참지 못하고 비명을 질렀다.

"이 쳐 죽일 연놈들이!"

당했다. 완전히 당했다.

하나부터 열까지, 전부 상대의 손바닥 위에서 놀아났다. 부처님 위의 손오공 꼴이었다.

인생을 통틀어 이런 수모를 겪은 적이 없을뿐더러, 적들 대부분이 애송이란 게 더욱 참기 힘들었다.

"화산파, 제갈세가! 이 개새끼들아—!"

주서천이 서신을 통해 도움을 청한 세력은 총 세 곳.

화산파와 사천당가, 마지막으로 제갈세가였다.

제갈세가는 화산파처럼 적림에 빚이 있었다. 그들을 움직이는 건 그다지 어려운 일이 아니었다.

다만 지원을 어느 정도 보내야 할지가 애매했다. 전과 동일한 연유로 대대적으로 움직일 수는 없었다.

주서천도 그런 걸 바라지는 않았다. 적들의 이목을 끌 수 있고, 속일 수 있는 진법만 원했다.

그래서 고민한 끝에 소수 정예를 보내기로 했다.

"네 이년! 네년이 이 일을 전부 꾸몄구나!"

맹강의 불타오르는 눈동자가 제갈수란을 향했다.

"모사미봉(謀士美鳳)!"

오룡삼봉 중 세대교체가 있었다.

봉황 중 맏언니가 서른이 되면서 후기지수에서 빠졌고, 그 자리를 제갈수란이 대신 차지했다.

본래 이 별호를 얻게 되는 건 좀 더 나중의 일이지만 이미 원래의 역사에서 꽤 벗어나 변화가 생겼다.

"전부는 아니에요."

제갈수란이 안색 하나 안 바꾸고 답했다.

"으으으!"

맹강은 당장이라도 제갈수란을 찢어 죽이고 싶었지만, 입술을 잘근잘근 씹으며 필사적으로 인내했다.

별호에 괜히 모사가 붙은 게 아니다. 그녀의 머리에서 나오는 책략은 심히 부담스럽다.

정예라고 생각했던 이백여 명은 사십으로 줄어들었지만, 저기에 어떤 함정이 도사리고 있을지 모른다.

"우라질!"

이러지도 저러지도 못하는 상황이 답답하고 짜증이 났다.

'아래로 내려갔다간 진법에 걸려들지 모르고, 무시한 채 내버려 두고 갈 수도 없는 노릇이다.'

더욱이 문제 되는 건 상황의 촉박함이었다. 느긋하게 결정할 시간 따위는 없었다.

등 뒤에서 본대인지 분대인지도 모를 토벌대가 진입해 오고 있어 신경이 쓰였다.

'혹시 이렇게 고민하도록 묶어 두는 것이 목적이라면 어떻게 하지?'

맹강의 얼굴에 초조함이 묻어났다.

'이래서 제갈세가가 싫단 말이다!'

혹시 이 고민조차도 적의 의도대로인 것은 아닐까?

괜스레 불안과 짜증이 치솟았다.

"적림총채주."

제갈수란이 말했다.

"항복하세요."

어떠한 감정도 떠오르지 않은 얼굴이었다.

작전의 성공에 의한 성취감도 없었고, 실패를 걱정하는 불안감도 없다.

그렇다고 승리를 눈앞에 둔 자신감이나 도적이라 경시하는 눈초리도 아니다.

열기가 감도는 홍조나 냉기 어린 삭막함도 아니다.

고요함.

그저, 담담하게 항복을 권고한다.

"지랄!"

맹강이 콧방귀를 꼈다.

"얼굴이 반반하여 첩으로 들이려 했으나, 보면 볼수록 짜증만 나니 잔인하게 죽여 주도록 하마!"

"감히!"

주인을 향한 모욕에 호위 무사가 즉각 반응했다.

"괜찮아요."

하나 정작 장본인은 아무렇지 않고, 도리어 손을 들어 호위 무사들을 제지했다.

제갈수란은 입을 열어 무어라 말하려 했으나, 맹강은 듣기 싫다는 듯 몸을 돌렸다.

"저년들이 올라오지 못하도록 수비해라. 조금이라도 허용하게 된다면, 전원 내 친히 참수해 주지."

꿀꺽!

*　　　*　　　*

적림도 사이에서 주서천의 목에 현상금이 걸렸다.

"죽어랏!"

매화정검의 이름은 결코 낮지 않다. 눈앞에서 장두가 손쉽게 당한 것이 그것을 증명했다.

하나 부(富)라는 것은 때때로 사람의 공포를 비롯하여 객관적인 판단력까지 둔하게 만든다.

"후우……."

숨을 들이쉰다. 폐가 공기를 흡입했다가 내뱉었다.

검을 쥔 손가락을 꽉 쥐었다. 팔목 부근의 퍼런 핏줄이 툭 튀어나왔다. 상완근이 춤추듯 요동쳤다.

뱃심에서 시작된 힘의 여파가 한 차례 출렁이더니, 몸 구석구석을 돌고 원래의 자리까지 되돌아왔다.

타앗!

정면을 본다. 일곱 명의 적림도가 보였다. 과한 재물에 눈이 멀어 벌겋게 충혈된 핏줄까지 보였다.

일부러 천천히 움직이는 것처럼 느껴지는 움직임이다. 그러나 일부러 느리게 움직이는 것은 아니었다.

주서천의 육체가 비정상적이었다.

동체 시력부터 시작해서 상황 판단력, 뇌에서 근육으로 전달되는 신경 다발 전부 그 수준을 달리한다.

정신을 차렸을 때쯤, 그 몸은 일 장 바깥의 일곱 명의 품 안에 도착해 있었다.

'초식을 펼칠 필요도 없겠구나.'

대다수가 실력이 형편없다.

대호채의 산적들보다는 수준이 높지만 그래 봤자 거기서 거기였다.

이십사수매화검법은 소 잡는 칼로 닭 잡는 격이다. 그래서 복잡하게 생각하지 않고 검을 휘둘렀다.

"어?"

일곱 명 중에서 선두에 선 적림도가 눈을 휘둥그레 떴다.

'어떻게?'

분명히 일 장 바깥에 있었다. 그러나 눈을 감았다가 뜨니 주서천이 사라졌다가 코앞에 나타났다.

너무 놀라 손에 쥔 검을 휘두를 틈도 없었다. 머릿속에선 그저 의문만이 남았다.

"하나."

중얼거림과 동시에 주서천의 검이 가느다란 선을 긋는다. 무서울 정도로 깨끗한 수평선이다.

"껙!"

의문을 표했던 적립도가 목을 붙잡았다. 그 손이 삽시간에 붉게 물들었다.

"미, 미친!"

나머지 여섯 명이 즉각 반응했다.

목표가 사라졌다가 땅에서 솟아난 것처럼 나타났을 뿐만 아니라 순식간에 한 명의 목숨을 앗아 버렸다.

그들은 다가오는 위협에 대응하기 위하여 각자 손에 쥔 병장기를 휘둘렀다.

쐐애액!

주서천의 머리 위로 도검이 떨어졌다.

"둘, 셋."

왼발을 내디디고, 그대로 축의 중심으로 삼는다. 전진하는 척하면서 반 바퀴를 돌아 공격을 피했다.

피한 것만이 아니다. 오른손에 쥔 검으로 반원을 그렸다. 물 흐르듯이 수려한 움직임이었다.

"커허억!"

적립도가 비명을 질렀다. 그가 최후로 본 것은 분리된 하체였다.

상체가 없어지니, 바로 옆의 적립도가 보였다.

눈이 커진 걸 보니 어지간히 놀란 모양이다.

쐐—액!

섬뜩할 정도로의 파공음이 터졌다. 반원을 그렸던 검이 바로 옆의 적림도를 향해서 찌르기를 날렸다.

'어딜!'

적림도가 어림없다는 듯 뒤로 물러났다. 이렇게 급히 반응하여 움직인 건 하늘에 맹세하고 처음이었다.

그러나 애석하게도 상대가 좋지 못했다.

검의 범위에서 벗어나는 건 성공했으나, 그 검극에서부터 뿜어져 나온 검기는 피하지 못했다.

"끄으윽!"

가슴 정중앙에서부터 등 뒤로 구멍이 생겼다. 막기도 전에 순식간에 당했다.

"……!"

일곱 중 셋이 순식간에 당하자 뒤따라오던 넷이 발걸음을 멈추고 주춤거렸다.

그들의 사고를 지배하던 욕심도 옅어졌고, 대신 방금 전 동료의 죽음이 떠올랐다.

"일곱."

파바바밧!

평소의 그 화려한 검초는 아니었다. 그저 아무렇게 휘두른 것에 불과했다.

그러나 공포로 몸이 얼어붙은 적림도의 목숨을 끊는 것으로는 충분했다.

주서천이 그들의 사이를 누비며 검을 재빠르게 휘두르자, 전원이 반항 한 번을 하지 못하고 쓰러졌다.

"으으으!"

"저딴 괴물을 상대하라고?"

"눈에 보이지도 않잖아!"

적림도 사이에서 사라졌던 공포가 다시 솟아났다.

그제야 마비됐던 이성이 돌아왔다. 잔뜩 흥분했던 욕망도 차갑게 식었다.

"어떤 기분인지 십분 이해해. 답이 없지?"

주서천이 잠시 멈춰 서서 씩 웃었다.

전생의 기억이 새록새록 피어올랐다. 자신도 터무니없는 고수를 만나 죽을 뻔한 적이 있었다.

한눈에 봐도 이기기는커녕 버틸 수 있을지 의문이다.

지친 줄 알았는데 아니었다.

어차피 싸워도 질 것이고, 급도 다르니 다른 사람에게 맡기고 싶었다.

"그러니까 괜히 고집부리지 말고 항복하자."

진심이었다. 녹룡채가 평소의 전력이라면 또 모를까, 지금이라면 가망이 없었다.

"헛소리!"

부채주가 끼어들었다.

'항복한다면 죽는다.'

주서천이 아니라 맹강에게 죽는다.

총채주가 지휘를 맡겼다. 그걸 제대로 통제하지 못한다면 곱게 못 죽는다.

"싸우지 않고 항복을 받아 내려는 것을 보니 놈도 지친 것이 틀림없다. 내공도 슬슬 바닥일 거다."

"내가 지쳤다면 널 형님으로 부르겠다."

"아우야! 지금이라도 늦지 않았다! 항복해라!"

"지랄을 한다."

주서천이 하도 어이없어서 피식 웃었다.

"좋아, 마침 잘됐다."

부채주가 생각보다 성가셨다. 적어도 저 자리는 엿 바꿔서 얻어먹은 건 아닌 모양이었다.

흠칫!

'꽤, 괜히 나섰나?'

생각보다 거리가 가깝다. 토벌대의 전력이 상상 이상이었다.

'정말로 지치기는 했나?'

일단 호언장담은 했는데 말하고도 불안하다.

땀 한 방울 흘리지 않았고, 호흡도 안정됐다. 다치기는커녕 생채기 하나 없었다.

'제기랄. 시간을 끌어야 한다.'

후문이 해결되기 전까지 어떻게든 버텨야 했다. 그의 마음속에서 적림총채주는 천하제일 고수였다.

마치 협객이 나타나기만을 기다리는 백성과 같았다.

'그런데 도대체 어떻게 시간을 끌라고?'

사기가 하락할 것이 마음에 걸려 아무렇지 않은 척하고 있지만, 실은 속으로 울상을 짓고 있었다.

화산의 검도, 당가의 독도 여간내기가 아니다. 신진 세력인 금의검문조차 보통이 아니었다.

'아아, 총채주님!'

다리가 조금 떨렸다. 괜스레 눈물이 핑 돌았다.

점점 갈수록 사기가 떨어지는 게 느껴졌다.

"주서처어어어언—!"

그때였다.

앞이 보이지 않는 순간, 기다렸던 목소리가 산 전체를 울렸다. 그야말로 구원의 목소리였다.

부채주의 얼굴에 끼었던 그늘도 삽시간에 사라졌다. 그 대신 환한 빛과 자신감이 감돌았다.

"총채주님!"

후문을 포기하고 녹룡채와 합류한 맹강이었다.

"병신 같은 놈들!"

맹강이 전장의 상황을 보고 분노했다.

반을 보냈는데, 반의반밖에 안 남았다. 그에 비해 토벌대
는 경상자는 있어도 중상자는 없었다.

'좋아, 생각대로다.'

주서천의 눈이 가늘어졌다.

'혹여나 눈치라도 챘다면 어쩌나 싶었는데, 무사히 넘어
갔다.'

맹강은 천하백대고수, 그것도 화경의 경지다. 그 정도면
진법에 대해 몰라도 대강 눈치를 챌 수는 있다.

뇌가 근육으로 되어 있다면 또 모를까, 머리도 예사롭지
가 않아 수를 읽을 것을 불안해했었다.

만약 그가 눈치 채고 전력을 나누지 않았다면 상상 이상
으로 힘든 싸움이 됐을지도 모른다.

자신은 상관없었지만, 토벌대원들은 전혀 그렇지 않다.
아무리 산적들이라 할지라도 저 정도의 인원이 전부 덤벼
온다면 결코 적은 피해로는 안 끝난다.

"총채주님이시다!"

"지원이다!"

고수의 등장은 존재감만으로도 힘과 안심을 준다. 고생

해서 떨어뜨린 사기가 다시금 치솟았다.

'적림총채주, 맹강.'

여러모로 마음에 걸리는 사내였다.

어느 날 불현듯 산채에 나타나 막강한 무위를 보였다. 녹룡채주가 되는 건 그다지 오래 걸리지 않았다.

무엇보다 비상한 것은 무공뿐만이 아니었다. 산적치곤 상당한 지식의 소유자였다.

그럭저럭 커다란 산채에 불과했던 녹룡채가 성을 연상시키듯이 변한 것도 맹강의 머리에서 나왔다.

그러나 이 정도의 무인임에도 불과하고 맹강은 무명이었다. 산채에 나타나기 전의 행적이 불명이었다.

무언가 이상해 따로 조사해 봤지만, 명확히 밝혀진 것은 없었다. 여전히 오리무중이었다.

전생의 기억을 더듬어 봐도 나오는 게 없었다. 기억을 못하는 게 아니라 정보가 없었다.

실컷 이용만 당한 적림십팔채라서 그런지 중요하게 여기지 않아 전란의 역사에 언급이 몇 없었다.

문제의 맹강도 전란 도중 사망했다.

'다른 건 몰라도, 무공만큼은 보통이 아니다.'

용암처럼 들끓는 분노와 더불어 폭풍우 치는 살의가 증명하고 있었다.

"주서천. 제갈승계."

맹강이 칠 년 전에 들었던 이름을 중얼거렸다.

"나, 나는 왜 부르는 거야?"

제갈승계가 금의검문 무사들 사이에서 질겁했다.

"칠 년 전의 복수를 하러 왔구나! 육대랑이 싸지른 똥이 이러한 훼방을 놓다니…… 이 싸움만 끝난다면 내 그놈 시체를 장강에서 꺼내 와 다시 죽여야겠다."

그 일만 생각하면 아직도 이가 바득바득 갈린다.

원래라면 소리 소문 없이 처리했어야 할 일이었으나 그러기는커녕 온 무림의 이목을 끌게 됐다.

그 탓에 적림십팔채의 활동 반경이 상당히 좁아졌다. 그리고 화산파, 제갈세가와 척을 진 것도 문제였다.

강호에서 화산파의 제자나 제갈세가의 혈족과 만나면 죽을 각오를 하거나, 아니면 무조건 도망쳐야 했다. 쌓인 한이 적지 않은 듯, 설사 도망치거나 숨는다고 해도 집요하게 추격해 왔다.

대대적인 토벌대가 구성되거나 전쟁이 일어나지는 않았지만 그동안 생긴 손해가 이만저만이 아니었다.

"쳐 죽여 주마."

맹강이 살의로 번들거리는 눈동자를 빛냈다.

승리를 눈앞에 두고 사기를 드높였던 토벌대도 맹강의

등장에는 잔뜩 긴장하며 주춤거렸다.

주서천의 눈이 한 걸음 내디딘 맹강을 훑어봤다.

팽가의 천골과 비교해도 부족하지 않은 골격 하며, 떡 벌어진 어깨와 이어진 팔은 통나무처럼 굵었다.

상의를 입지 않아 근육이 고스란히 보였는데, 장인이 심혈을 기울여 제련한 강철을 보는 듯했다.

"사형."

주서천이 맹강에게 시선을 고정한 채로 장홍을 불렀다.

"총채주는 저 혼자서 맡을 테니, 나머지를 부탁드리겠습니다."

"사제."

장홍 대신 장서은이 답했다. 돌처럼 딱딱하게 굳은 얼굴이 사뭇 진지하다.

"사제의 무위가 보통이 아니라는 건 알고 있어. 그렇지만 상대는 천하백대고수, 적림총채주 맹강이야."

맹강은 사대제자의 배분으로 어떻게 할 수 있는 수준이 아니었다. 무공도, 내공도, 경험도 많았다.

천하백대고수 끝자락에 있는 것도 아니었고, 맹강은 이미 중원 각지에 악명이 자자한 고수였다.

정파나 사파에서 맹강이 강해 봤자 도적 나부랭이에 불과하다며 우습게 봤다가 당한 자가 한둘이 아니다.

옆의 장홍도 동의하듯 머리를 위아래로 흔들었다. 강호를 유람하며 그 악명은 질리도록 들었다.

"괜찮습니다. 걱정하지 마세요."

"하지만……."

"무엇보다 지금은 맹강에게 전부 붙어 있을 정도로 여유롭지 않다는 것을 사형과 사저도 알고 계시죠?"

"끄응."

　맹강이 오면서 삼십여 명 정도를 끌고 왔다.

　토벌대가 겉으로 멀쩡해 보여도 속은 그렇지 않다.

　이미 배나 되는 전력을 상대하느라 체력과 기력을 상당 부분 소모해 한계를 코앞에 두고 있었다.

　이런 상황에서 최대 전력들이 두세 명씩 빠지는 것은 치명적이다.

　'하아!'

　장홍은 어릴 적부터 함께 자라 왔던 사제의 어깨에 모든 걸 맡겨야 한다는 사실에 괴로워했다.

"조심해."

　장서은도 죄책감을 느끼는지 그 표정이 좋지 못했다.

"예."

　짧은 대답과 주저 없이 내딛는 발걸음.

　그 등이 유난히 넓어 보인다.

"괜찮아요."

낙소월이 안심하라는 듯 옅게 미소 지었다.

"사형은 저희의 상상 이상으로 강하니까요."

그녀의 눈동자에 굳은 신뢰가 담겼다.

그 말을 시작으로, 토벌대와 적림도가 다시 부딪쳤다.

전술의 변화는 없었다.

매화검진이 전위에 섰고, 그 주변을 당가와 금의검문이 돌아다니며 지원했다.

장홍과 장서은, 그리고 낙소월이 펼치는 매화검진은 매화가 떨어지는 것처럼 너울거리면서도 때로는 검처럼 예기를 뿜어내며 상대방을 꿰뚫었다.

"아아악!"

"멍청하긴! 제자리를 지켜라! 뭉치면 산다!"

부채주가 생각 이상으로 분발했다. 지휘를 능숙하게 하며 매화검진에 어찌어찌 대항했다.

녹룡채의 산적들은 생각 이상으로 강했다. 그들은 일반 산적과 달리 명령에 따라 진형을 갖췄다.

"제갈 소협!"

당혜가 고개를 홱 돌렸다.

"죽통노, 이발(二發)!"

파바바밧!

제갈승계의 외침과 더불어 화살이 쏘아졌다. 매화검진에 대항하려고 모여든 진형을 향해서였다.

"으악!"

"피해라!"

이제 막 모이려던 적림도가 비명을 지르면서 몸을 날렸다. 몇몇은 튕겨 내기도 했지만, 그것은 소수에 불과했다.

화산파, 당가, 금의검문 그리고 제갈세가.

급조된 구성치고는 그 위력이 무시무시했다.

주서천과 맹강이 마주 봤다. 두 무인 사이에선 대기를 무겁게 짓누르는 긴장감이 맴돌았다.

병장기끼리 부딪치는 소리가 가까이 들려도 눈썹 하나 까딱하지 않고 움직이지 않았다.

동공은 조금도 떨리지 않고, 상대를 가만히 바라본다. 약간의 움직임도 놓치지 않겠다는 기세였다.

'인상만 보면 머리도 근육으로 되어 있을 것 같은데, 그건 아닌 모양이야.'

맹강은 한 발자국도 움직이지 않았다. 그저 태산처럼, 눈앞에 굳건히 서서 살의를 보내왔다.

그냥 서 있는 것도 아니다. 몸에 틈 하나 보이지 않았다. 어떻게 움직여도 대응할 수 있게 준비하고 있었다.

"정파의 젖비린내 나는 아이야. 내가 무섭더냐?"

침묵을 먼저 깬 것은 맹강이었다.

"화산파가 옛날 같지 않다더니만, 정말이었군. 흐흐, 그러니 칠 년 전에 겁먹고 꽁지 빠지게 도망쳤지."

피식. .

주서천이 도발에 걸려들기커녕 실소를 흘렸다.

"맹강. 아까 전에 쳐 죽이겠다는 기세는 어디 갔나?"

맹강이 입가에 맺힌 비웃음을 지우고 표정을 굳혔다.

"맹강. 네가 날 정말로 아무것도 아니라고 생각했다면, 진작 덤벼야 했다. 그런데 경계하면서 어쭙잖은 도발까지 하다니…… 겁먹었나?"

"그 잘난 세 치 혀가 조금 있으면 살려 달라는 말로 바뀔걸 생각하니 참으로 즐겁군."

여유가 묻어나는 말투와 달리 맹강의 표정은 그다지 좋지 못했다. 이마에 시퍼런 혈관이 튀어나왔다.

'운이 좋아 얻은 유명세라고 생각했거늘, 그런 것만은 아닌가.'

고수는 고수를 알아보는 법. 겉으로 보이는 검세(劍勢)만 해도 보통이 아니란 걸 눈치챘다.

'화경에 근접한 초절정인가?'

그 추측은 보기 좋게 틀렸으나, 주서천의 연령을 생각해 보면 이상한 건 아니다. 도리어 정상적이다.

"와라, 애송이."

스르릉

맹강이 검을 뽑았다.

새하얀 검신이 모습을 드러내며 태양 빛을 반사했는데, 매서운 예기를 보니 보통 명검이 아니었다.

산적치곤 보기 힘든 부류의 병기다. 적림도 대부분이 부(斧)나, 도(刀), 혹은 창(槍)을 써서 그렇다.

'검산정(劍山征).'

땅에서 솟은 것처럼 나타난 이름 없는 무인. 그 무인은 검 한 자루만으로 차례차례 녹림채를 정복했다.

"후웁!"

타앗!

주서천이 지면을 박찼다. 몸을 살짝 띄운 것처럼 보였지만 서 있던 자리에 발자국이 움푹 파였다.

질풍같이 내달린 주서천이 내력을 대거 끌어 올렸다. 초반에 확실하게 끝낼 생각이었다.

아직 맹강 앞에서 무위를 전부 내보이지 않은 이 순간이 기회다.

공수를 교환할수록 적의 경계를 높이기만 할 뿐이니, 괜한 탐색전 말고 전력을 쏟는 게 좋았다.

'일초!'

정면으로 내달리면서 검을 쭉 뻗는다. 대기를 둘로 가르 자 섬뜩할 정도로의 파공성이 터졌다.

쐐—액!

혼신의 찌르기를 보여 준 검극이 올곧게 나갔다. 그 끝은 정확히 맹강의 미간을 노렸다.

"흡!"

맹강이 숨을 들이쉬며 수세식을 펼쳤다. 생각 이상의 속 도에 놀란 듯, 눈이 화등잔만 해진 게 보였다.

그다음 순간, 주서천이 몸을 틀었다. 맹렬한 기세로 찌르 려던 공세가 눈 깜짝할 사이에 사라졌다.

원래라면 불가능한 일이다.

일 할이나 이 할의 공력도 아니고, 거의 전력을 쏟은 찌르 기였다. 보통이라면 갑작스러운 흐름의 전환에 기맥이 역류해 터지고도 남는 일이었다.

그러나 화산파의 신법이자 보법, 신행백변이 그걸 가능 하게 했다.

뇌에서 내려온 명령이 기의 흐름을 급속도로 바꾼다. 깔 아 두었던 길이 갑자기 틀어지면 망가지기 마련이나, 신행 백변은 애초에 그러한 변화에도 버틸 수 있도록 연구되면 서 고쳐진 무공이었다.

근육은 물론이고 기맥이나 혈맥에도 문제가 없다. 자연스럽게 연결되면서 정상적인 힘을 뿜어냈다.

휘리릭!

사선으로 내디딘 왼발을 축으로 삼아 반 바퀴 돌았다.

전속력으로 내달리다가 급정지했을 뿐만 아니라, 방향까지 틀었는데도 자세는 안정적이기만 했다.

내공의 힘으로 힘의 법칙을 일정 부분 무시하는 것이 무공. 그 진가가 제대로 발휘됐다.

그 몸이 정확히 반을 도는 순간 오른발을 힘껏 내디딘다. 허리의 근육이 돌아가는 게 느껴졌다.

쐐—액!

순수한 근력과 내공이 받쳐 준 월오삼검, 태아가 대기를 반으로 가르면서 매서운 소리를 토해 냈다.

'아뿔사!'

맹강이 혀를 찼다. 패색이 짙은 눈동자에는 주서천의 검이 잡혔다.

아지랑이 자락이 검신을 얇게 감싼 것이 보였다. 검기를 실었으니 날은 실제보다 더 길다. 보다 빠르게 움직여야 했다. 수세식을 취하고 있는 게 다행이다.

스으으.

영원처럼 느껴지던 찰나의 순간이 되돌아온다. 느릿하게

움직이던 검이 잔상을 남기며 옆구리를 노리고 들어오자, 맹강은 다급하게 검을 허리로 옮겼다.

채애애앵—!

검과 검이 부딪치면서 마찰음을 토해 냈다. 그 여파가 상당한 듯 소리가 늘어지면서 고막을 때렸다.

"크윽!"

맹강의 입에서 먼저 신음 소리가 튀어나왔다. 얼굴은 참혹하게 일그러졌다.

주서천의 표정도 그다지 좋지 못했다. 아쉬움이 잔뜩 묻어났다.

옆구리를 노렸지만, 치명상은 입히지 못했다. 완전히 들어가기 전 맹강의 검이 아슬아슬하게 막아 냈다.

하지만 검기의 대결에서는 승리했다.

검이 부딪치자마자 맹강의 검이 안쪽으로 밀렸다. 그 탓에 자신의 검으로 상처를 내는 꼴이 됐다.

피부에 생채기를 내는 수준이 아니라, 단련된 근육이 파이면서 이 촌(寸: 1촌은 3cm) 정도의 상처를 냈다.

"이, 망할, 새끼가……!"

맹강이 분노로 들끓었다. 목소리에서는 그동안 냈던 살기가 한 번에 폭발하듯 뿜어져 나왔다.

'쩝. 아쉽군.'

검기가 아니라 검강이었다면 검 채로 베어 갈랐을지도 모른다. 하지만 그러면 처음의 회전이 늦어진다.

아무리 강기를 마음 가는 대로 다룰 수 있게 됐다고 해도, 검기를 펼치는 것과는 속도의 차이가 난다.

안 그래도 맹강의 반응 속도가 얼마나 대단한지 체감하지 않았는가. 검강이었다면 이 검상도 입히지 못했을지 모른다.

상대가 달랐다면 충분히 통할 일격이었으나, 안타깝게도 맹강은 화경의 고수였다.

"욕 좀 그만해라!"

주서천이 검을 맞댄 채, 왼손만으로 일장을 날렸다. 평범한 장법이 아니라 독장(毒掌)이었다.

"헉!"

맹강이 본능적으로 위협을 느끼고 뒤로 물러났다. 조금만 늦었어도 독에 중독될 뻔했다.

주서천도 그 틈을 타서 뒤로 몇 걸음 물러나 태세를 정비했다.

"……."

맹강이 시선을 내리깔았다.

방금 전에 밟고 있었던 잡초의 색이 시커멓게 물든 것이 보였다.

손바닥에서 방출된 독기가 목표를 잃고 허공에 떠돌다가 지면의 풀잎들로 흡수됐다.

"정체가 뭐냐고?"

주서천이 먼저 맹강이 할 말을 낚아챘다.

"그저 지나가던 평범한 화산파의 검수다."

第二章
양가창법(楊家槍法)

　맹강이 혈도를 눌러 지혈했다.

　"평범? 헛소리!"

　정파, 그것도 구파일방의 검파로 알려진 화산파의 제자가 독장을 썼다. 그냥 넘어갈 수 없는 부분이다.

　그것도 보통 독은 아닌 듯했다. 척 봐도 맹독의 수준으로 보인다.

　사실은 무식한 양의 내공을 녹안만독공을 이용해 독으로 전환한 것에 불과하나, 그 사실을 알 리가 없었다.

　"하, 정파의 위선자께서 드디어 본색을 드러내시는군!"

　정파인은 독의 사용을 꺼림칙하게 여긴다. 설사 생사결

이라 할지라도 사용하게 되면 치욕으로 여겼다.

"그만 좀 지껄여라, 어떻게 틀에 박힌 말만 하냐!"

주서천이 지긋지긋하다는 듯이 외쳤다.

타앗!

다시 한 번 몸을 날렸다. 이번에는 일격에 모든 걸 담아 내려 하지 않았다. 일단 가볍게 일초를 날렸다.

슈아아—!

주서천의 검이 바람 소리를 냈다. 대기에 구멍을 내고 궤적을 그려 내며 맹강의 상완을 노렸다.

맹강도 반격에 나섰다. 육중한 신체와 다르게 재빨랐다. 하단에서 상단으로 쳐올린 검으로 튕겨 냈다.

채앵!

검과 검이 부딪치면서 불꽃을 토해 낸다. 양쪽 다 검기가 실려 부딪칠 때마다 시퍼런 빛을 내뿜었다.

공격은 아직 끝나지 않았다. 주서천이 공중으로 튕겨져 나간 검을 신속하게 회수했다.

그리고 이어서 화산파의 절기가 주서천의 손에서 펼쳐졌다.

"이십사수매화검법!"

맹강이 한눈에 알아봤다. 나이는 그냥 먹은 게 아니다. 적림의 총채주인 만큼 다양한 상대와 싸워 왔다.

'매화노방, 매화접무, 매화토염!'

일초에서 삼초까지 자연스레 연결했다.

검이 기를 뱉어 내듯, 검기 다발을 위로 쏟아 냈다. 한둘이 아니라 여러 개였다.

멀리서 보면 상당한 장관이다. 그러나 가까이, 맹강의 시점에서 보면 지옥도였다.

파바바밧!

아니나 다를까, 그다음 초식이 이어진다.

마치 유성우라고 해야 할까. 머리 위에서 한곳을 향해 떨어져 내리는 검기는 그야말로 무시무시했다.

낙섬(落暹)으로 햇살을 떨어뜨리고, 낙락(落落)을 펼쳐 검기를 남김없이 쏟아 내고 떨어뜨렸다.

"크으읏!"

맹강의 입에서 신음 소리가 절로 흘러나왔다.

하나하나는 별것 아니지만 한곳을 향해서 무수히 떨어지니 막는 것도 보통 힘든 게 아니었다.

채채채채챙!

맹강의 검에도 기가 실린다. 최대한 막아 낼 수 있도록 널찍하게 펴지는 형태였다.

하지만 한계가 있었다. 최대한 바쁘게 움직이며 튕겨 내던 맹강도 결국 몸을 옆으로 던져 피해 냈다.

흔히 말하는 뇌려타곤이다.

파스스스슥!

목표를 잃은 검기 다발이 흙바닥 위로 떨어졌다. 지면 위에는 그물을 연상시키는 자국이 남았다.

그 여파로 흙먼지가 구름처럼 뭉게뭉게 피어오르면서 시야를 방해했다.

주서천이 호흡을 가다듬으면서 눈을 감았다. 흙먼지가 지독하니 차라리 다른 감각에 의지하기로 했다.

현명한 선택이었다. 좌측에서 뿌옇게 피어오른 먼지구름이 갈라지면서 맹강이 튀어나왔다.

'뒈져라!'

맹강이 입가에 회심의 미소를 지었다. 이번에는 반드시 치명상을 입힐 것이라 믿어 의심치 않았다.

'어림없지!'

주서천이 눈을 번쩍 빛냈다.

시각을 단념하고 그 외의 감각에 집중한 만큼 반응도 빨랐다. 기다렸다는 듯이 몸을 틀어 검을 막았다.

째애앵—!

철과 철이 다시 부딪친다. 맞대는 것만으로도 바람이 불었다. 그들을 중심으로 먼지구름이 걷혔다.

희뿌옇던 시야는 온데간데없고 깨끗해졌다. 검신 너머로

의 얼굴이 선명하게 보였다.

"……."

격렬했던 충돌이 잠시 소강상태에 접어들었다.

주서천도 맹강도 움직이지 않고 서로 마주 봤다.

'왜지?'

주서천이 속으로 의문을 표했다.

'몇 번이나 기회가 있었을 텐데, 왜 아직도 검강을 쓰지 않은 거지?'

언뜻 보면 맹강이 전력을 내보이는 것 같아도 전혀 아니었다. 화경의 증거를 쓰지 않는 것이 그 증거다.

검술에서도 무언가 부족함이 느껴졌다. 확실히 하수는 아닌데 화경 정도의 수준은 아니었다.

'제대로 된 검법을 구사한 것도 아니고.'

신체 능력이나 반사 신경은 저절로 감탄이 흘러나왔지만, 그 외의 부분은 뭐라 말하기에는 애매했다.

이게 마음에 걸려 함부로 움직이지 못했다.

원래의 의도대로라면 맹강이 강기를 맹신하는 순간, 허를 찌르는 반격으로 승부를 내려고 생각했었다.

그러나 정작 아슬아슬한 순간에도 강기를 쓸 생각이 도통 보이지 않아 어찌할지 고민됐다.

"주서천."

머릿속으로 수십 가지의 상념이 지나가고 있던 중이었다. 맹강의 가라앉은 목소리가 상념을 깨뜨렸다.

전과 다르게 차갑게 불타오르는 분노가 보였다. 흘러넘치는 살기 속에서 비치는 것은 진지함이었다.

"설마 날 이렇게까지 밀어붙일 줄은 몰랐다."

강호의 소문은 언제나 과장이 섞여 있는 법. 매화정검도 강호의 소문을 등에 업은 것이라 생각했었다.

그러나…….

"인정하마."

"것 참, 주저리주저리 말 더럽게 많네. 아까는 잔뜩 화나서 욕만 하더니만, 이제는 잡설이냐?"

"건방진 놈. 이 적림총채주, 맹강이 인정해 주겠다고 말하고 있거늘. 그 영광을 걷어차?"

"그딴 영광 필요도 없고, 관심도 없다."

"이노옴! 그놈의 혓바닥은 정말로 쉴 새 없이 건방진 소리를 지껄이는구나!"

맹강이 노성을 내지르면서 팔을 쑥 뺐다. 손에 쥔 검도 함께 따라갔다.

"크하아압!"

맹강이 폐 깊숙한 곳에서 숨을 빨아들였다가, 내뱉으면서 고함을 내질렀다. 동시에 검도 크게 휘둘렀다.

주서천은 번개 같은 몸놀림으로 퇴보를 밟아 검을 피했다. 약간의 여유를 부릴 정도로 가뿐히 피했다.

다음에 이어질 검격에 대비하면서 머리를 굴렸다.

'……?'

이상했다. 당장 전력을 쏟아 낼 기세였다. 당연하게도 공격이 연달아 날아올 것이라고 생각했다.

그러나 그다음으로 이어진 행동은 전혀 이해할 수 없는 것이었다.

'도, 도망쳐?'

주서천의 얼굴이 황당함으로 물들었다. 그 눈동자에 보이는 건 전속력으로 뛰는 맹강의 등이었다.

'설마 제갈수란을 인질로 삼을 생각인가?'

그렇다면 큰일이다. 후문의 전력은 미끼다. 적립도 일부분을 묶는 용도밖에 되지 않는다.

사실상 맹강을 막을 수 있는 무인은 존재하지 않는다. 그가 멧돼지처럼 돌격하면 모두 박살이 나리라.

"어딜!"

주서천이 어림없다는 듯이 맹강을 쫓았다. 평소 보법과 경공에 시간을 투자한 만큼의 결과가 나왔다.

뒤늦게 출발했음에도 불구하고 거리를 순식간에 좁혔다.

'유은비도!'

왼팔을 앞으로 쭉 뻗었다. 소맷자락이 부풀어 오르면서 펄럭였다.

파바밧!

손목을 살짝 튕기자 비수가 쏘아졌다. 일직선을 곧게 그은 것처럼 깔끔한 궤적이 남았다.

"이 새끼!"

맹강이 귀신같이 눈치채고 등을 휙 돌렸다. 그러곤 검을 휘둘러 검풍을 방출했다.

아지랑이가 모였다가, 넓게 퍼진다. 눈으로 보이지 않는 칼날의 바람이 쏘아져 나가 비수를 떨쳐 냈다.

맹강의 검풍에는 눈이 없었다. 그저 후위를 막아 내기 위해서 아무렇게나 쏘아졌다.

"으악!"

"컥!"

그 탓에 애꿎은 몇몇의 적림도만 휘말렸다.

검풍이 불어닥친 자리에 피 안개가 생겼다.

"이젠 암기까지 써? 어이가 없군."

맹강이 어이없어했다. 암기 던지는 솜씨가 보통이 아니다. 당가와 견줘도 부족하지 않을 정도였다.

"어이가 없어? 내가 할 말이다."

주서천이 맹강을 향해 천천히 걸어갔다.

"인정한다 뭐다 하더니, 꽁지 빠지게 도망쳐? 도대체 뭐하는 놈이냐?"

하나부터 열까지 이해할 수 없다.

존재감만으로는 화경이 확실한데, 무공은 아니다.

전력을 낼 것 같이 말하더니, 도망쳤다.

"작전상 후퇴라는 말도 못 들어 봤나?"

맹강이 입꼬리를 비틀어 올려 웃었다. 기분 나쁜 웃음이었다.

챙그랑.

웃음과 더불어 맹강이 쥐고 있던 검이 바닥으로 떨어졌다. 힘이 풀려서가 아니었다. 고의다.

"네 머리가 아직까지 목 위에 멀쩡히 붙어 있는 연유가 뭔지 아나? 무공이 강해서? 운이 좋아서? 아니야. 이 몸이 아직까지 전력을 내지 않아서다."

"과거 시험을 수십 차례 낙방하고 허구한 날 술이나 퍼마시는 주제에 '난 아직까지 전력을 내지 않았다. 마음만 먹으면 얼마든지 해낼 수 있다.'라는 거지? 나도 안다."

"아니."

"그러면 왼팔에 용의 힘이라도 봉인해 뒀나?"

"흐흐흐. 그렇게 잘난 듯이 떠드는 것도 이번이 마지막이다."

맹강이 음산하게 웃었다. 웃음소리에서는 뭐라 형용할 수 없는 섬뜩함이 느껴졌다.

그는 보란 듯이 등을 보이면서 몸을 돌렸다.

환하게 개방된 문처럼 보였지만, 어째서인지 다가갈 수 없었다. 주서천의 눈에는 문 뒤로 적이 들어오기만을 기다리는 수백 수천의 궁병이 보였다.

'설마…….'

머릿속에서 한 가지 가능성이 나왔다. 그것이라면 지금까지의 이상 행동을 모두 설명할 수 있다.

그것만큼은 아니기를 빌었다. 하나 언제나 불길한 생각은 적중하기 마련이었다.

"으하하!"

맹강의 목소리에서 자신감이 잔뜩 묻어났다. 그가 다시 몸을 돌려 정면을 마주 봤다.

"자아, 애송아. 이제 제대로 춤춰 보자."

그것은, 창이었다.

창두(槍頭)는 어떠한 명검보다 예리하게 빛난다.

그 아랫부분으로는 붉은 천으로 된 끈 묶음, 영(纓)이 대롱대롱 매달려 시선을 끌었다.

왼손이 먼저 앞으로 나아가 나무로 제작된 창간(槍杆)을 잡고, 오른손이 뒤를 잡아 고정했다.

· '실수다.'

주서천이 속으로 혀를 차면서 후회했다.

생각이나 의심이 너무 많았다. 판단이 좋지 못했다.

맹강은 검강을 일부러 쓰지 않은 게 아니다. 애초에 사용하지 못했다.

화경에 오른 건 검이 아니라 창이었다. 창이 들려 있지 않으니 강기를 쓰지 못한 것은 당연했다. 검술의 수준이 생각보다 낮은 것도 이걸로 설명이 된다.

괜히 기회를 노린다, 저런다 하면서 삽질을 했다. 검강을 진작 사용했다면 쉽게 처리했을 일이었다.

빠드득!

이가 절로 갈렸다. 자기 자신의 한심함에 화가 나서 참을 수가 없었다.

"하하하. 이제 좀 볼 만한 얼굴이 되지 않았느냐?"

맹강이 만족스럽다는 듯이 웃었다.

"……."

후우.

흥분된 마음을 가라앉힌다. 뜨겁게 달아오른 뇌를 차갑게 식혔다. 천천히 심호흡해 진정시켰다.

지금의 잘못은 경험으로 녹이면 된다. 반성하고 조심하면 된다면서 자조(自照)했다.

주서천의 눈매가 가늘어졌다.

맹강의 눈도 매서워졌다.

'죽여야 한다.'

맹강은 주서천을 더 이상 애송이라 우습게 보지 않았다.
그의 마음속에서 살심이 스멀스멀 피어올랐다.

'서른, 아니 이제 겨우 스물 남짓한 나이에 이 정도의 강
함이다. 십 년이 지나면 상대나 할 수 있을지 모르겠군. 여
기서 놓치면 언젠가 복수할 터. 훗날을 위해서라도 기필코
죽여야 한다.'

하단전에서부터 내공을 끌어 올렸다. 전과 다르게 그 순
환이 빨라졌다. 이제야 본연의 힘을 낼 수 있다.

"무엇보다……."

맹강이 무심코 생각을 말로 옮겼다.

"이걸 보여 준 순간, 누구도 여기서 살아 돌아갈 수는 없
다."

선을 그었을 때 왼발의 발꿈치와 오른발의 발꿈치가 같
은 선상에 위치하도록 자세를 잡았다.

창술의 보편적인 보법의 형태를 하고 있고, 한 손은 창대
의 뿌리 쪽을 잡고 있었다.

숨죽인 순간, 다음 공격이 물 흐르듯이 이어지자 주서천
이 눈을 크게 뜨고 놀란 목소리를 냈다.

"이화창(梨花槍)…… 양가창법(楊家槍法)!"

"흥!"

"역시 관군 출신, 그것도 장수구나!"

양가창법.

남송 시대의 여장군, 양묘진(楊妙眞)이 전한 창법으로 명대에 와서 저명한 창술이 됐다.

그 근본 자체가 몹시 뛰어났지만, 시대를 거치면서 여러 무인의 손에서 더욱 발달하여 창법 중에서도 으뜸이 됐다.

무림 방파의 말을 비유하자면 군의 절세무공이자 절기로 인정되어 군내에서도 장수들에게만 전수됐다.

"쿵, 잘도 알아봤구나."

맹강이 탐탁지 않은 듯 눈살을 찌푸렸다.

"잡는 방식을 보면 그 답은 정해져 있으니까."

"무림에도 이러한 방식이 없진 않을 텐데?"

"그래, 틀린 말은 아니다."

일평생을 무학에 바치는 무림인들이다.

다양한 병장기의 무공이 있었고, 많지는 않으나 그중에는 창도 존재했다.

양가창법의 명성이 널리 알려지자, 몇몇의 무인들은 그 묘(妙)를 참조로 하여 창법을 만들기도 했다.

"하지만…… 성을 연상시키는 산채, 무림인이라면 쓰지

않을 활의 활용, 그리고 훈련된 산적들까지."

하나같이 관군을 연상시키는 것밖에 없었다.

"이러고도 군과 관계가 없다고?"

"됐다."

대답할 가치도 없다. 애초에 별 기대도 안 했다.

맹강이 창대를 쥔 손에 힘을 줬다. 눈매도 한층 더 매서워졌다. 겉에서 흐르는 기도 자체가 변했다.

전에 없었던 자신감이 물씬 풍겼다. 검을 쥐고 있을 때와는 전혀 다른 사람이었다.

공기가 떨렸다. 얼마 가지 않아 죽은 듯이 멈췄다. 마치세상이라도 멈춘 듯, 고요함만이 남았다.

주서천도 맹강도 제자리에서 움직이지 않았다. 주변은신경 쓰지 않고 서로 쳐다보기만 했다.

보통 사람이라면 몸이 저려 가만히 있지 못할 텐데, 두고수는 처음처럼 미동도 보이지 않았다.

탁!

멈췄던 세상이 다시 움직인다. 바람에 흩날리던 풀잎이옆으로 기울었다.

쐐―액!

새하얀 빛줄기가 뿜어진다. 대기에 구멍이 뚫렸다.

고요함을 깨고 먼저 움직인 건 맹강의 창이었다.

한 발을 내디디며 창을 힘껏 내지른다. 창대의 뿌리 쪽을 잡아서 자연스레 찌르기도 길어졌다.

일 보 전진하니 그 길이가 보다 늘어났다. 무서운 건 그 찌르기가 번개처럼 매서우면서도 힘찬 점이었다.

'위험하다!'

주서천이 신속하게 튕겨 나가듯이 물러났다.

'어딜!'

맹강의 눈에서 시퍼런 안광이 뿜어져 나왔다. 그는 어림없다는 듯 퇴보하는 목표를 맹렬하게 추격했다.

부웅!

손에 힘을 주고 창을 위로 들어 올리자, 창대가 엿가락처럼 휜다. 맹강은 그 탄력을 이용해 창으로 원을 그려 내듯 빙글빙글 돌렸다. 영도 따라 돌았다.

'눈속임!'

중원의 창은 어떤 창이건 간에 영이라는 끈 묶음이 달려 있는데, 그 용도는 세 가지가 있었다.

첫 번째는 영을 흔들어 창극이 제대로 보이지 않도록 눈을 현혹하는 것이요, 둘째는 적을 찔렀을 때 그 피가 손잡이를 타고 내려와서 미끄럽게 하지 않는 것이었다. 셋째는 단순한 장식으로 사용됐다.

양가창법은 이 첫 번째를 제대로 응용했다. 일부러 원을 그리듯 찔러 나아가며 현란한 움직임으로 속인 뒤 가슴 정 중앙을 찔러 왔다.

"흡!"

그러나 주서천은 그 현혹에 넘어가지 않았다. 몸을 최소한으로 틀어 원을 그리는 찌르기를 피하고, 결정적인 일격에는 검을 휘둘러 힘껏 튕겨 냈다.

째애앵—!

금속의 마찰음이 길게 늘어졌다. 강하게 후려친 그 힘의 여파가 각자의 검과 창에 전해졌다.

'봉점두(鳳點頭)를 간단히 막은 것도 놀라운데, 아직도 이런 공력을 낼 수 있다고?'

맹강의 얼굴이 딱딱하게 굳었다. 공수를 교환하면 교환할수록 눈앞의 괴물에 기가 질렸다.

딱히 헤매지도 않았고, 놀라움도 없었다. 그저 지금까지 막아 내던 것처럼 아무렇지 않게 받아쳤다.

'죽여야 한다!'

살심이 더더욱 깊어졌다. 치욕을 되갚아 주는 것을 넘어서, 이제는 미래를 위해 제거해야겠다는 생각이 들었다.

파바바밧!

맹강의 상완근이 부풀어 올랐다. 핏줄이 툭 튀어나온 게 보인다. 근력이 본연의 힘을 발휘했다.

근력만이 아니라, 내공까지 더했다. 온몸에서 넘치는 힘을 이용해 창을 붙잡고 몇 번이나 내질렀다.

파바바밧!

나아갈 땐 날카롭고, 물러날 때는 빨랐다. 그야말로 신속의 움직임으로 수십 차례의 찌르기를 보여 줬다.

'대단하군!'

주서천이 순수하게 감탄했다.

창은 길면 길수록 다루기도 어렵고, 기동성이 떨어진다. 또한 무거워지니 속도도 느려지는 게 정상이다.

그러나 맹강의 창은 그러한 단점이 하나도 없었다.

도리어 보통의 창보다 길지만 움직이면 우레와 같았고, 그 움직임은 흔들리지 않는 산이나 다름없었다.

'후웁!'

기감이 활성화한다. 몸의 감각이 예민해졌다. 시각과 청각 등이 창의 정보를 받아들이고 관측한다.

주서천의 검도 창의 움직임에 따라갔다. 생채기조차 용납하지 못하겠다는 듯이 전부 쳐 냈다.

채채채쳉!

빛과 빛이 선을 그려 냈다. 하나의 선은 둘이 되고, 둘은 여러 개로 나누어져 허공을 그렸다.

그러나 그 선은 상대에게 닿지 않았다. 닿기도 전에 허공에서 부딪친 또 다른 선에 의하여 사라졌다.

째앵—!

검격과 창격이 크게 부딪쳤다. 수를 셀 수도 없는 부딪침
중 하나, 불꽃이 크게 튀면서 둘이 물러났다.

"미친놈!"

이걸 전부 막아?

맹강이 뒷말을 삼키면서 기가 질린 표정을 지었다.

검과는 다르다. 창에는 자신이 있었다. 심지어 봐주지 않
고 전력을 다했거늘, 죄다 막았다.

손에 땀이 맺힐 정도로 최대한의 빠르기였다. 그것이 막
힌 게 아직도 믿기지 않았다.

'어떻게 막을 수 있는 거지?'

맹강은 의아해했다.

빠르기만 했다면 이렇게 놀라지는 않는다. 창에 실린 공
력도 적지 않았고, 창의 움직임이 변화무쌍하고 끊임이 없
는 이화창도 그 묘리가 보통이 아니었다.

무엇보다 화경의 경지가 아닌가. 반응 속도에서부터 내
공의 순환, 근력이나 순발력에서부터 차이가 난다.

아무리 영약을 밥 먹듯이 처먹고 내공을 쌓았다 할지라
도, 그것만으로는 화경에 맞대응할 수는 없다.

'아니, 이제는 아무래도 좋다.'

죽인다!

그 일념에 모든 걸 집중했다.

살심이 피어오르고, 기가 되어 압박해 왔다. 웬만한 고수
조차 버티기 힘든 압박이었다.

주서천이 잠시 멈칫한다.

맹강의 입가에 회심의 미소가 맺혔다.

타아앗!

맹강이 앞으로 쏘아졌다. 여전히 번개와 같은 몸놀림이
다. 정말 창을 들고 있는 게 맞을까 싶은 움직임이었다.

아무렇게나 자란 수염이 바람에 흩날린다. 눈썹도 수염
에 맞춰 움직였다.

'온다!'

주서천이 무릎을 슬쩍 굽혔다. 검을 쥐고 있던 손에도 힘
이 더해졌다. 내공의 순환 속도가 신속해졌다.

붕! 부웅!

맹강의 창이 원을 그리듯 돈다. 붉은 천도 이리저리 움직
이면서 시선을 끌었다.

창극과 창영, 두 가지의 잔상이 현혹하려 들었으나, 주서
천의 시선에는 흔들림이 없었다.

놓치지 않겠다는 듯, 오직 창극만을 잡는다. 그 덕에 잔
상 속에서 맺히는 창강(槍罡)을 발견했다.

'나왔다!'

최초로 노렸던 수가 나왔다. 맹강의 눈에서 과신이 감돌자 이때다 싶어 검을 힘껏 내리 베었다.

"멍청한 놈! 끝이다!"

맹강은 웃음을 참지 못하고 호기롭게 외쳤다.

째앵!

"뭔……!"

맹강의 얼굴이 경악으로 물들었다. 입이 벌어졌다.

파죽지세로 진격하던 창이 멈췄다. 원래라면 멈추기는커녕 상대의 검이 잘려 나가야만 했다. 설사 만년한철로 제련한 검이라도 이렇게 버티지는 못한다.

"설마!"

보다 견고해진 기의 덩어리가 부딪쳤다. 그 여파로 창대에서 손으로 전해져 파르르 떨렸다.

"화경이라고……!"

맹강의 입에서 불신과 경악으로 물든 목소리가 튀어나왔다.

'후웁!'

주서천은 그 잘난 입을 나불대지 않았다. 이 기회를 놓치지 않겠다는 듯, 반격에 나섰다.

창이 내리쳤던 검은 이미 회수됐고, 손목을 빙글 돌려 고쳐 잡아 그대로 혼신의 찌르기를 선보였다.

쐐—액!

검극이 한 자루의 창이 된다. 그동안 보여 줬던 맹강의 찌르기와 견주어도 전혀 지지 않은 기세였다.

자하검결이나 이십사수매화검법의 절초는 아니었지만, 순수한 근력과 내공으로 이룬 일격이었다.

바람 소리를 내고, 대기를 둘로 가른다. 희미하게 자색의 빛줄기를 그려 낸 궤적이 나아갔다.

'안 돼!'

맹강의 안색이 백지장처럼 창백해졌다.

손 놓고 가만히 구경만 하는 건 아니다. 창을 쥔 손이 바쁘게 움직였다.

품 안을 파고드는 주서천을 막기 위해서 왼손으로 창대를 위로 올리고, 오른손으로는 힘껏 내렸다. 힘의 방향을 사선으로 향하게 했으며, 창대가 휘면서 그 반탄력을 이용해 좀 더 빠르게 올라왔다.

"크하악!"

푸욱!

그러나 대응이 늦어도 너무 늦었다. 결국 오른쪽 가슴을 허용했다.

몸을 최대한 비틀었지만, 그래도 범위 안에선 벗어나지

못했다. 호신강기의 전개도 늦어 막지도 못했다.

뒤늦게 뛰어올랐던 창도 목표를 잃고 멈춰 섰다. 공중에서 다시 잡지 않았다면 바닥에 내팽개쳐졌겠지만, 맹강의 자존심이 그걸 용납하지 않았다.

맹강은 치명상을 입었음에도 불구하고, 보통 사람이라면 들지도 못하는 창을 한 손으로 낚아채 세웠다.

"이런, 육, 시랄……!"

쿨럭!

맹강이 피를 울컥 토했다.

"암천회의 도움을 받았나?"

주서천이 중얼거리듯이 물었다.

맹강이 몸을 움찔 떨었다.

"한적한 시골의 산적이라면 모를까, 한때 군의 장수였던 무인이 적림 같이 눈에 띄는 곳에 숨을 수는 없다."

맹강은 본연의 실력을 철저하게 숨기고 있었다.

양가창법을 사용하면서도 탐탁지 않게 여긴 것을 보면 혹시라도 정체가 밝혀질 걸 두려워했을 것이다.

"탈주병이야 많지만, 그게 장수라면 이야기가 다르지. 관에서 널 가만히 두지 않을 터."

장수, 즉 무관인 게 분명했다. 이런 신분이라면 함부로 관에서 벗어날 수 없다.

애초에 조용히 살아간다, 라는 전제 자체가 존재하지 않는다. 반대 파벌이라면 방해꾼을 드디어 쉽게 처리할 수 있다며 좋아할 것이고, 같은 파벌도 뒤가 구린 비밀을 발설할 것을 두려워해 죽기를 바랄 것이다.

황제 역시 별로 좋아하지 않는다.

지방에 숨어 있다 반역을 꾀하지 않을까 싶은 불안 탓이었다. 실제로 역사 속에 그런 전례가 있었다.

"천기인가?"

"흐, 흐……."

맹강이 끓는 목소리로 실소를 흘렸다.

"우습구나, 우스워……."

"뭐가?"

"천하가…… 손바닥 위에…… 있다고 잘난 듯이 떠들더니…… 그게 아니니 웃을 수밖에……."

역시 암천회의 비호를 받고 있었다. 적림십팔채는 몰라도 총채주는 관여되어 있을 거라고 생각했다.

"나에게 이겼으니 그 상으로…… 알려 주마. 아는, 건…… 많지 않다. 그저, 그 지긋지긋한 북방의 오랑캐를 더 이상 보고 싶지 않고…… 지옥 같은 곳에서…… 벗어, 나고 싶어 도움을 받았을 뿐……."

쿨럭!

상태가 좋지 않은지 말이 중간중간 끊겼다. 안색도 파리하고, 피도 드문드문 토했다.

"대단, 하긴…… 하더군. 새로운 사람이…… 될 수 있도록…… 얼굴도 고쳐 주고…… 또……."

말을 할수록 그 목소리가 낮아졌다. 알고 싶은 것이 더 있었지만 아무래도 여기까지인 모양이었다.

"크하하하…… 천하가, 속고 있구나. 암천회는 물론이고, 무림까지. 화산의 괴물에게 속고 있었어……."

맹강은 있는 힘을 쥐어짜 내듯이 외쳤으나, 그 목소리는 주서천에게밖에 닿지 않았다.

第三章
녹룡토벌(綠龍討伐)

　맹강과의 격전에서 승리한 주서천은 그의 등 위에 발을 올려놓고 목소리에 내공을 실어 외쳤다.

　"그만!"

　그의 목소리가 쩌렁쩌렁하게 울려 퍼졌다. 어찌나 큰지 메아리가 되어 녹룡채를 넘어 산에 퍼졌다.

　나뭇가지 위에서 한가롭게 시간을 보내던 소동물이 깜짝 놀라 도망쳤다.

　"……!"

　토벌대와 적림도도 잠시 멈췄다. 이제 막 목을 베려던 무인도 목소리에 반응해 놀란 표정을 지었다.

몇백 명의 무인들의 이목이 모조리 한곳으로 몰렸다. 맹강의 시신 위에 서 있는 주서천이었다.

"서, 설마!"

근처의 적립도가 시신을 알아본 듯 떨리는 목소리로 경악했다. 그 파장이 주변의 동료들에게 퍼졌다.

반면 토벌대의 표정은 환해졌다. 상당히 지쳐 있었는지 거칠게 심호흡하고 있음에도 기뻐하는 얼굴이었다.

"총채주는 죽었다! 괜한 반항 말고 항복해라!"

주서천의 말이 여러 사람의 표정을 변화시켰다.

"말도 안 돼!"

말이 끝나기 무섭게 부채주가 힘껏 부정했다.

여태껏 온갖 기적을 보여 줬던 총채주다. 지금껏 누구도 보여 주지 않았던 전술을 응용하였고, 관아의 토벌대나 정파의 고수가 쳐들어와도 간단히 물리쳤다.

맹강이 있는 한은 영원히 일인자는 될 수 없지만, 그래도 일인자 못지않은 삶을 누릴 수 있었다.

"허, 헛소리다!"

사람 같지 않았던 총채주가 패배, 그것도 약관밖에 되지 않은 애송이에게 죽은 것이 믿기지 않았다.

"현실에 눈 돌려서 괜한 헛짓하지 말자."

주서천이 맹강의 위에서 내려왔다. 그리고 확인시키려는

듯 시신을 발로 차 얼굴이 보이도록 했다.

"와아아아아—!"

맹강의 얼굴이 보이자 토벌대에서 함성이 터져 나왔다.

"이럴 수가……."

"총채주가 죽다니……?"

부채주가 충격에 빠져 상황을 받아들이지 못했다. 수뇌에 속하는 적림도도 마찬가지였다.

챙그랑.

"하, 항복!"

"목숨만은 살려 주십시오!"

"대협을 몰라뵈었습니다!"

"저에겐 고향에 홀어머니가 있어……."

맹강의 죽음에 녹룡채의 산적들이 전의를 상실했다. 여기저기서 병장기가 떨어지는 소리가 났다.

천하제일의 산채라 불리던 녹룡채의 최후였다.

승리는 토벌대에게 돌아갔다. 그러나 그 승리에 취해 기뻐하기에는 아직 일렀다.

녹룡채의 토벌은 성공했지만, 적림의 토벌은 아직 끝나지 않았다. 아직 녹림칠채와 수림구채가 남았다.

대호채와 녹룡채가 차례대로 함락됐으니 그 소식을 듣고

분명 지원을 보낼 게 분명했다.

이미 지칠 때로 지친 토벌대는 더 이상 싸울 여력이 없었다. 설사 도적들이라 해도 싸운다면 필패다.

그래서 전투가 끝나자마자 급한 대로 금창약 등으로 상처를 치료한 뒤, 후퇴의 준비를 했다.

"사문에 상관없이 셋으로 나눠 움직입니다. 뇌옥에 인질들이 갇혀 있을 테니 전부 풀어 주시고, 함께 떠날 준비를 시키십시오. 투항한 적들을 포승으로 묶어 대신 넣어 두십시오. 저항하면 죽여도 상관없습니다."

"재물은 어떻게 할까요?"

"금으로 한두 푼 정도만 챙기세요. 그 외에는 이동에 방해되니 놓고 갑니다."

"으헥, 그 많은 것들을 말입니까?"

제갈승계가 아쉬운 듯 입맛을 다셨다.

"우린 지쳐 있고, 인원도 적지 않아. 게다가 인질 중에서도 거동이 불편한 부상자부터 우선해야 해. 그리고 안 그래도 준험한 산세를 따라 움직여야 하니 최대한 몸을 가볍게 해야 해. 식량도 최소로 한다."

"어쩔 수 없군요."

아쉬워하는 건 제갈승계뿐만이 아니었다. 지친 기색이 역력한 토벌대원의 눈빛에 미련이 묻어났다.

주서천은 그들이 혹시라도 욕심에 눈이 멀어 사고라도 치면 어쩔까 싶어 못을 박았다.

"아무리 금은보화라고 한들 사람의 목숨과는 비교할 수 없습니다. 약간의 욕심으로 인해 누군가 죽을 수도 있다는 걸 명심하십시오. 여러분은 지금 어깨에 재화가 아니라 목숨을 짊어지고 있습니다."

"사형……."

낙소월이 감격한 듯 눈을 글썽였다. 토벌대도 그 말에 적잖이 동화된 듯 아쉬워하면서 생각을 고쳤다.

'이런 건 확실히 해야 해. 그렇지 않으면 사고가 난다.'

전생에도 오늘날처럼 비스름한 일이 있었다.

적의 진지를 습격해 승리했는데, 그때도 창고에서 상당한 금은보화를 발견했다.

당시에도 적의 지원이 올지 모르는 상황이었기에 한시라도 빨리 후퇴해야 했으나, 지휘관을 비롯해 전원이 재물에 눈이 머는 바람에 창고를 털게 됐다.

그 뒤로 곧장 진지에서 물러났지만, 결국은 시간을 소모해 적의 추격을 받게 됐다. 게다가 설상가상으로 재물의 무게 탓에 속도가 느려져 하마터면 전멸할 뻔했고, 부대의 사할 이상을 잃자 그제야 정신을 차리고 재물들을 버리고 겨우 살아남았다.

"이럴 때가 아닙니다. 적이 근방에 다가왔을지도 모르는 일이니, 최대한 빨리 움직여야 합니다."

"예!"

토벌대의 눈이 달라졌다. 얼굴에는 여전히 피곤함이 남아 있었으나, 그 대신 사명으로 빛났다.

'대단해.'

제갈수란이 겉으로는 드러내지 않았으나 속으로는 감탄을 금치 못했다.

합류를 뒤늦게 해 주서천의 제대로 된 활약은 보지 못했으나, 지금의 모습만으로도 대단하다고 생각했다.

고민은 길지 않고 판단은 일체의 흔들림도 없으며 현명하였다. 사람들이 혹여나 어리석은 행동을 하지 않도록 사전에 막았고, 강호의 협의를 중시하였다.

말 한 마디 한 마디가 주술처럼 느껴지고, 무엇보다 그 지휘는 최전선의 장군처럼 능숙했다.

'휴, 봐 둔 게 많아서 다행이다.'

주서천도 대대적인 지휘는 거의 처음이었다.

전란의 시대에서 여러 전장을 숱하게 경험하긴 했으나, 어디까지나 명령받는 입장밖에 없었다.

그러나 여러 곳을 전전했던 만큼 수많은 영웅이나 사문의 인재들에게 보고 들은 것이 있었고, 이후에 찾아올 평화의 시대에서 책을 통해 지식을 쌓았다.

"부채주."

"예."

부채주의 얼굴은 엉망이 됐다. 눈은 한쪽이 부풀어 오르고, 코는 뭉개졌다. 이도 몇 개가 비었다.

패배가 확실해지자마자 도망치려 했으나, 주서천에게 붙잡혀 먼지 나게 맞았다.

"시간이 없다 보니 내가 좀 급하다. 사람이 급하다 보니 성질이 좀 안 좋아져. 그렇지?"

"네, 그렇습니다."

"몇 가지 물을 건데, 뜸 들이지 말고 바로바로 말했으면 좋겠어. 혹시나 거짓말을 하면 어디 한두 군데 부러질 거야. 아, 말은 해야 하니 입은 안 건들게."

"감히 누구 앞이라고 거짓을 고하겠습니까. 물어만 봐 주십시오, 대협."

"총채주가 평소 드나들던 곳이라거나 혹은 무언가 숨겼을 법한 장소 알고 있으면 바른 대로 말해 봐라."

"넵."

시간이 없어서 기부터 죽여 뒀다. 공들인 노력이 있는지 알아서 불었다.

조금이라도 뜸을 들이거나, 혹은 거래를 하려 들면 다소

심한 폭력을 행사했다.

"이쪽입니다."

부채주가 순순히 안내했다. 참고로 혹시 모를 기관에 대비하여 제갈승계와 동행했다.

안내받은 곳은 채주실의 옆방이었는데, 주로 여자들을 가둬 놓고 온갖 더러운 성욕을 풀던 곳이었다.

좋지 못한 그 흔적이 고스란히 남아 있었다. 시신은 없지만 핏자국이 상당 부분 보였다.

"나가 있어라. 또 도망쳤다간 어떻게 될지 알지?"

주서천이 부채주에게 턱짓했다.

"무, 물론입니다."

부채주가 몸을 파르르 떨면서 문을 닫고 나갔다.

"형님, 여기가 맞는 것 같습니다."

문이 닫히자마자 제갈승계가 말했다.

"도대체 어떻게 아는 거냐?"

주서천이 신기한 듯이 물었다. 기관의 기초를 공부했으나 이상하다는 건 느끼지 못했다.

"……?"

제갈승계는 이해 안 가는 듯이 고개를 갸웃거렸다.

"딱 보면 알지 않습니까? 방의 구조부터 이상합니다."

"됐다. 물은 내가 잘못이지."

천재의 부류도 여럿이 있는데, 제갈승계는 그중에서도 최악이었다.

자신이 이해하는 걸 당연시하고, 그걸 모르는 것을 이해하지 못한다. 무엇보다 가르치는 건 더 최악이다.

기초적인 것은 설명할 수 있지만, 그 외에는 두루뭉술했다.

"자, 보십시오. 이걸 침으로 누르면……."

제갈승계가 정중앙의 벽면으로 다가가 품 안에서 꺼낸 침으로 꾹 눌렀다.

드르륵!

그러자 놀라운 일이 벌어졌다. 한가운데 부분의 벽이 음푹 들어갔다가 옆으로 밀리며 비밀 공간이 나왔다.

손가락으로 두들긴 것도 아니고, 본 것뿐인데 비밀 공간을 알아챘다. 어떻게 알아챈 건지 도저히 알 수 없었다.

'하여간 천재란 것들은!'

주서천은 한숨을 푹 내쉬며 깊게 생각하지 않기로 했다. 시간이 많지 않으니 그럴 여유는 없었다.

'무언가 숨겼을까?'

위에 서 있는 사람은 대부분 뒤가 구린 법이고, 뒤가 구린 사람은 중요한 걸 숨겨 두는 법이다.

특히나 적림도라면 더더욱 그렇다. 믿을 사람 하나도 없으니 누구에게 맡길 수도 없었다.

분명히 멀지 않은 곳에 무언가를 숨겨 뒀을 거라고 추측했고, 그 생각은 틀리지 않았다.

"함정은?"

"지났어요."

"지나다니?"

"이 벽이 하나의 기관이자 함정입니다. 문을 잘못 열 경우 발동될 겁니다. 어디 보자 유형은……."

툭툭.

제갈승계가 발을 몇 번 굴러 보곤 고개를 끄덕였다.

"아랫바닥이 꺼지게 되어 있는 건 확실한데, 그 아래에 무엇이 있을지 잘 모르겠습니다. 소리의 전달을 보아하니 일단 깊이는 오에서 육 장 정도고……."

"허어."

발을 몇 번 구른 것만으로 함정의 유형까지 파악했다. 보면 볼수록 터무니없는 감각이었다.

공감각 능력이 사람의 한계를 넘은 건 분명한데, 이상하게도 기관과 관련될 때만 발현된다.

"보아하니 총채주가 스스로 관리한 것 같은데, 꽤나 제법입니다. 보통은 기관이 발동될 것 같아 지정된 곳 외에는 벽 근처에도 얼씬도 하지 않아 먼지가 쌓일 텐데, 들키지 않으려고 평소에도 청소해 뒀네요."

맹강은 의심을 받지 않으려고 일부러 바닥의 청소를 철저하게 해 자연스러움을 유지했다.

"그리고……."

제갈승계가 거리낌 없이 비밀 공간으로 들어섰다.

"뭐야, 뭔가 숨겨서 더 있을 줄 알았는데 별거 없잖아? 형님, 안에는 함정이 더 이상 없습니다."

어째 목소리에서 아쉬움이 느껴졌다. 아무래도 기관을 기대한 모양이었다. 역시 별종이었다.

주서천은 제갈승계를 어이없다는 듯이 쳐다보곤 문의 안으로 들어와 주변을 슥 훑어봤다. 공간 내부는 그다지 크지 않았고, 탁자와 위에 놓인 상자밖에 없었다.

'어디 보자…….'

평소에 관리를 했는지 상자가 부드럽게 열린다. 부피가 제법 커서 무엇이 있을지 기대됐다.

'응?'

상자를 여니 자그마한 목함이 나왔다. 그 아래로는 표지가 누렇게 변질된 서적이 몇 권 쌓여 있었다.

주서천은 목함의 내용물부터 확인했다.

'영약인가.'

알싸한 향이 내뱉는 환(丸)이 보였다. 한 알밖에 없었지만, 꽤나 귀해 보였다. 혹시 약의 효력이 떨어질까 걱정되어 목함을 닫고 품 안에 갈무리했다.

"실망시키지 않았으면 좋겠구나."

영약이야 나쁘진 않지만, 그렇다고 기대를 충족시킬 정도는 아니었다. 어차피 영약이야 많다.

서적의 정체가 궁금해졌다. 전부 꺼내서 표지를 확인해 봤다.

　　만중검(萬重劍)
　　철포삼(鐵布衫)

무공도 무공이지만, 흥미를 끄는 건 표지에 아무것도 쓰여 있지 않은 서적이었다. 꽤나 여러 번 펼쳤는지 곳곳이 너덜너덜했고, 표지도 누렇게 변질됐다.

다른 비급서는 잠시 내버려 둔 뒤, 이름 없는 서적부터 읽었다.

'이거야!'

내용을 확인하니 입가에 미소가 절로 번졌다.

주서천은 한 알의 영약과 세 권의 서적을 손에 넣고 제갈승계와 함께 방을 뒤로하고 나왔다.

방문을 열자마자 부채주가 머리를 바닥에 닿을 정도로 깊이 숙인 뒤 인사했다.

　그 뒤에 또 무언가 숨긴 것이 없을까 싶어 침실까지 샅샅이 뒤져 봤지만 마땅한 것은 나오지 않았다.

　"바깥도 정리된 것 같으니 슬슬 우리도 나가자."

　"으엑, 벌써요?"

　제갈승계가 대놓고 아쉬운 반응을 보였다. 그 눈에는 아직 살펴보지 못한 녹룡채의 기관이 보였다.

　"나중에 더 좋은 거(?) 보여 줄 테니까 가자. 정말로 시간 없으니까."

　주서천도 마음 같아선 몇 날 며칠 동안 녹룡채에 남아서 조사하고 싶은 마음이었다. 그러나 상황이 상황인 만큼 아쉬워도 발걸음을 돌려야 했다.

　"사형, 이쪽은 전부 끝났어요."

　낙소월과 당혜를 선두로 한 무리가 뇌옥에서 구출한 사람들을 데려왔는데, 그 숫자가 무려 이백이었다.

　"우리도 마찬가지요. 전부 뇌옥에 가뒀소."

　초련이 이마에 맺힌 땀을 소매로 닦으면서 말했다.

　"무공도 폐해 뒀으니까 걱정 마. 이걸로 추적해 올 일도 없을 거야."

　장서은이 덧붙여 말했다.

'무공을 폐해?'

부채주의 눈이 튀어나올 것처럼 커졌다.

무공을 폐했다는 건 단전을 부쉈거나, 혹은 사지 근맥을 절단했다는 의미. 무인, 그것도 남의 것을 약탈하며 살아가는 산적에겐 사형 선고나 마찬가지였다.

단전을 부수면 내공의 순환이 불가능해질 뿐만 아니라, 다시는 기를 쌓을 수 없게 된다.

사지 근맥을 절단할 경우에는 팔다리에 힘이 들어가지 않아 잘해 봤자 걷는 것이 한계였다.

전자건 후자건 간에 평생을 약자로 살리라.

"준비는 끝났으니 이동합시다. 사람들이 다치거나 떨어지지 않도록 인솔을 부탁드리겠습니다."

"저, 저기……."

부채주가 슬그머니 눈치를 봤다. 눈은 내리깔고, 손바닥은 비비적대며 어색하게 웃었다.

"저는 안내도 했으니 이만 가 봐도 되겠습니까?"

주서천이 부채주를 바라보았다.

"이번에 대협의 말씀을 듣고 개과천선할 수 있었습니다. 앞으로는 남을 도우며 살겠습니다."

"부채주, 이 근방에 대해서 잘 알아?"

안다. 모를 리 없다. 녹룡채에 들어오고 이 생활을 한 지도 어언 이십 년이 넘는다.

그러나 이들과 함께하고 싶지 않아 거짓말을 했다.

"제가 산채에만 있어서 잘 모릅니다."

"사지 근맥을 끊어야겠군."

"이 근방, 아니 중경이 제 앞마당이지요! 말씀만 하십시오! 어디든지 최단 거리로 안내하겠습니다!"

"그래."

토벌대가 드디어 녹룡채를 떠났다.

원래는 새로 합류한 제갈세가까지 합해 팔십 명이었으나, 인질들이 추가되어 총 이백팔십 명이었다.

인원수도 상당하고, 일반 백성이 이백여 명이다 보니 안전한 길을 찾아야 했다. 그래서 부채주를 비롯해 녹룡채의 정찰대원 몇몇을 뽑아 안내를 맡겼다.

혹시 중간에 허튼짓을 할지 몰라 사람을 곳곳 나눈 다음 누가 거짓을 고하는지 감시했다. 다행히도 협박이 통했는지 허튼수작은 부리지 않았다.

"우리가 정말로 산 것입니까?"

"감사합니다, 감사합니다……."

"으흐흑! 흐흑!"

퇴군이 녹록하지는 않았다. 인질들의 상태가 그다지 좋지 못했다.

녹룡채를 탈출하여 감사하며 기뻐하는 사람이 있는 반면, 의심을 하거나 현실을 부정하는 사람도 있었다.

대부분 녹룡채에서 겪은 일이 끔찍했는지 표정이 좋지 못했다. 아직 영역에서 완전히 벗어난 건 아니라서 그런지 그 불안감은 전부 해소되지 않았다.

남자들의 경우에는 나름 준수한 상태였으나, 여자들은 말로 형용할 수 없을 정도로 처참했다.

여자가 다가가면 괜찮았지만, 남자가 다가가면 소리를 마구 지르며 미쳐 날뛰는 경우가 많았다.

토벌대원 중 여자가 없던 건 아니지만, 많지는 않아 곤혹스러웠다. 정 통제가 불가능할 때는 어쩔 수 없이 혈도를 짚어 강제로 잠재워 이동했다.

등에 업고 가야 했지만, 미쳐 날뛰는 것보다는 나았다.

"이대로 괜찮을까요?"

낙소월이 걱정 어린 얼굴로 넌지시 물었다. 이들을 버리고 갈 생각은 없었지만, 추격이 마음에 걸렸다.

"생각 이상으로 느려서 걱정이에요."

"괜찮아."

주서천이 안심하라는 듯이 웃었다.

"확실히 여유를 부릴 수 있는 정도는 아니지만, 그래도 충분히 빠져나갈 수 있을 테니까."

"어째서죠?"

낙소월이 아니라 제갈수란이 궁금한 듯이 물었다.

"눈앞에 놓인 주인 없는 황금 탓입니다."

"아⋯⋯!"

제갈수란이 무언가 깨달은 듯 탄성을 흘렸다.

해가 동산 너머로 뉘엿뉘엿 넘어갔다. 붉게 물들었던 하늘이 밤의 장막으로 덮였다가 여명으로 변한다.

오늘이 어제가 되고, 내일이 오늘이 됐다. 녹룡채의 함락 후 이튿날이 밝았다.

"무, 무슨!"

녹룡채의 산적이 눈을 크게 뜨며 놀랐다.

얼마 전에 명령을 받고 외부에 파견 나가 있다가 귀환했는데, 산채가 쑥대밭이 됐다.

온갖 곳에 동료의 시체가 굴러다니고 있고, 뇌옥에서부터 절규에 가까운 비명 소리가 들렸다.

"흐, 흐이익!"

지옥도가 현세에 펼쳐지면 이런 광경이리라.

산적은 깜짝 놀라 뒤도 돌아보지 않고 도망쳤다. 도망친 곳은 얼마 전에 방문한 인근의 산채였다.

"뭣이? 녹룡채가 쑥대밭이 됐다고?"

벽악채주(壁岳寨主)가 놀란 목소리로 되물었다.

"그, 그렇습니다!"

'설마……?'

얼마 전의 회의에서 거론된 토벌대가 떠올랐다.

"말도 안 돼!"

경악 어린 육성이 저절로 나왔다.

분명 토벌대의 규모는 백도 되지 않는다고 들었다.

그 정도 인원으로는 녹룡채를 결코 함락하지 못한다. 함락은커녕 정문조차 넘지 못할 것이다.

'그 난공불락의 요새를 함락했다고?'

벽악채주는 힘껏 부정하면서도, 마음 한구석의 불안을 떨쳐 내지 못했다. 결국 소식을 듣고 한 시진도 되지 않아 수하들을 이끌고 녹룡채로 향했다.

벽악채는 녹룡채와 대호채 만큼은 아니나 그래도 제법 근접해 있었다. 그다지 멀지 않았다.

"허어!"

녹룡채에 도착하니 입이 절로 벌어졌다. 설마설마했지만 정말이었다. 눈으로 확인했는데도 믿기지 않았다.

무적이라 불리던 녹룡채가 이렇게 처참히 당할지는 상상도 하지 못했다.

"으헉! 초, 총채주!"

주변을 둘러보다 맹강의 시신을 볼 수 있었다.

혹시 닮은 사람은 아닐까 싶어 몇 번이나 재확인했지만 적림총채주 맹강이 맞았다.

산채가 가까이에 있는 만큼 만날 일도 잦았다. 십 년 넘게 봐 온 만큼 얼굴이나 체격을 잘 알고 있었다.

"채주! 뇌옥에 녹룡채 애들이 갇혀 있습니다!"

"뭣이?"

벽악채주가 그 말을 듣고 뇌옥으로 향했다.

"허어!"

뇌옥에 가 보니 가관이었다. 약 백여 명 정도의 녹림도가 뇌옥 안에 갇혀 축 늘어져 있었다. 몇몇은 미치기라도 한 것인지 소리를 꽥꽥 지르면서 발광했다.

"사, 살려 주십시오!"

녹룡채의 산적들이 쇠창살을 붙잡으면서 애원했다.

"도대체 이곳에서 무슨 일이 있었지? 누구에게 습격을 받았나? 관아에서? 아니면 무림맹?"

"아, 아닙니다. 주서천. 주서천입니다."

"정말로 매화정검이었다고?"

벽악채주가 어이없는 표정을 지었다.

"토벌대의 규모가 알려진 것과는 달랐나?"

"아닙니다. 칠십에서 팔십 정도밖에 안 됐습니다."

"농담할 시간은 없다. 허튼소리 한다면 죽여 버리겠다."

"저, 정말입니다!"

벽악채주가 믿지 못하는 것은 당연했다. 상식적으로 생각해서 그건 불가능한 일이었다.

"상천십좌라도 있었나?"

절대고수가 동행했다면 불가능한 일은 아니다. 그러면 정말로 심각해진다.

"아, 아닙니다."

"그럼 대체 뭐야? 하나부터 열까지 정리해서 말해 봐라."

벽악채주는 그동안 요 며칠간 있던 사정을 자세히 들었다. 그 내용이 터무니없어서, 혹시나 속고 있는 건 아닐까 싶어 다른 이에게도 물어봐서 확인해 봤다.

한두 명까지는 그렇다 쳐도, 네다섯 명이 같은 말을 하니 벽악채주도 믿을 수밖에 없었다.

"그러니까, 지금 산채에는 아무도 없다는 거지?"

"예, 예? 예. 그렇습니다."

하나 벽악채주는 주서천의 강함에 경악하지도, 불신하지도, 그렇다고 겁에 질리지도 않았다.

그 눈에 비친 것은 한없이 펼쳐진 욕망이었다.

"채주, 창고에 보물이 산더미로 쌓여 있습니다. 아무래도 놈들이 도망치느라 전부 남기고 간 것 같습니다."

산채 내에 정찰을 나갔던 수하가 돌아와 속삭였다.

"흐!"

벽악채주가 입꼬리를 비틀어 올리며 웃었다.

사람, 특히나 적림도의 욕심은 생각 이상으로 크다. 그들은 눈앞에 놓인 재물에 눈이 돌아갔다.

사정을 듣고 한 일은 적림십팔채에 보고하는 것이 아니라, 같은 녹림채의 재물을 터는 일이었다.

수레를 찾아서 그 안에 재물을 값비싼 것부터 채운 뒤, 거동이 힘들어져서야 벽악채로 되돌아갔다.

녹룡채의 식구들은 도와 달라 외쳤지만, 먹을 것을 적당히 던져 주고 내버려 뒀다.

벽악채주는 산채에 돌아와서야 생각을 정리하고, 전서구를 날려 적림에 이 소식을 알렸다.

'독점하지 못하는 게 아쉽지만, 어쩔 수 없지.'

적림십팔채는 도적 간의 연합체이다. 법 없이 사는 그들에게도 최소한의 규칙은 존재한다. 녹룡채처럼 몰락한 산채의 재물을 분배하지 않고 독점할 경우, 눈총을 받는 일로는 넘어가지 않는다.

"녹룡채가 망해?"

"총채주가 죽었다고?"

맹강의 사망 소식은 주서천이 예상한 대로 적림을 요동

치게 만들었다. 그만큼 충격적인 소식이었다.

이십 년 전에 등장하여 절대자로 군림했던 맹강이다. 후에 천하백대고수에 들어 위쪽에 앉았다.

"뭣들 하고 있어? 나가 있는 애들 불러와!"

금의상단의 습격이 거짓말같이 멈췄다. 각지의 채주들은 다음에 있을 폭풍을 대비했다.

지속적인 습격으로 슬슬 한계를 앞에 둔 이의채에게서 드디어 안도의 한숨이 터져 나왔다.

각지에서 활동 중이던 적립도는 모든 걸 중지하고 귀환했다.

"도대체 그 숫자로 어떻게 녹룡채를 쑥대밭으로 만든 거지?"

"지금 그게 중요한 게 아닙니다. 녹룡채는 지금 주인이 없습니다. 얼른 가서 창고를 털어야 합니다."

토벌대의 존재 자체는 옆으로 치운 지 오래였다.

총채주의 복수 따위는 존재하지 않았다. 도리어 각지의 채주들은 새로운 야망에 활활 타올랐다.

첫 번째로 할 일은 주인 없는 재물을 분배하는 것이었고, 두 번째는 총채주의 자리를 쟁탈하는 일이다.

한편, 토벌대는 나흘이 지나서야 겨우 쉴 만한 곳에 도착할 수 있었다. 도착한 곳은 대호채였다.

전에 관아에서 사람을 부른 덕인지, 대호채에 도착하니 관병들이 가득했다.

"와아!"

"살았어!"

사람들은 관병들을 보고 나서야 안심할 수 있었다.

녹룡채에서 온갖 고통을 받았던 사람들은 서로를 얼싸안고 눈물을 펑펑 흘렸다.

"주서천 대협 만세!"

"화산파 만세! 당가 만세! 제갈세가 만세!"

"금의검문 만세!"

기쁨에 찬 함성은 대호채뿐만 아니라, 인근 산을 뒤덮었다. 맹수들이 깜짝 놀랄 정도로 거대했다.

그리고 정확히 일주일 뒤, 토벌대의 활약이 중원을 강타하면서 일파만파 퍼졌다.

"자네, 얼마 전 소식 들었나?"

"얼마 전이라 하면 어떻게 알아듣나. 중원의 소식이 어디 한두 가지여야지."

"어허, 이 사람아. 최근에 중원의 화제가 된 것 하나뿐이지 않나?"

"천하백대고수 주서천 말인가? 하늘이 내린 협객이시지! 그야말로 대협이야, 대협!"

第四章
신급돈어(信及豚魚)

현 무림에서 유명인을 꼽으라면 누구일까?

누군가 묻는다면 백이면 백, 이리 답할 것이다.

"주서천!"

그의 이름이 중원 곳곳에 퍼져 화제다.

도적이라 무시당하지만 그래도 무림의 거대 세력으로 인정받는 적림에 문제가 생기면 당연히 주목을 받는다. 한데 그 적림십팔채 중에서도 대호채와 더불어 최강이라 일컬어지는 녹룡채를 고작 백도 되지 않은 무인들을 이끌고 멸했으니 관심이 폭발하는 것은 당연지사였다.

처음에 대호채와 녹룡채 소식을 듣고 사람들은 흥분했

다.

무림맹의 정예 부대가 나선 것일까, 아니라면 은거고수의 활약일까 등의 여러 추측이 난무했으나 어떠한 것도 들어맞지 않았다.

충격적이게도, 대호채를 무너뜨리고 난공불락의 요새를 박살 낸 것은 백여 명도 되지 않은 토벌대였다.

사람이 적은 만큼 유명 고수들로만 구성되어 있나 싶었지만, 그러기는커녕 전원이 죄다 마흔 살도 되지 않은 젊은 무인들이었다.

"어떻게 된 거지?"

"녹룡채를 비롯해 적림십팔채가 세간의 평이나 생각과는 달리 별거 아니었던 거 아닌가?"

"어허, 이 사람아. 정말로 그랬다면 관이나 정파 세력이 가만히 있었겠나?"

"무엇보다 그곳에는 맹강이 있지 않았나."

"적림의 총채주, 맹강! 그자도 죽었다며? 어떻게 죽은 건지 누가 말 좀 해 보게."

"주서천이 홀로 상대했다고 들었네."

"허! 그게 말이나 되는 소리인가? 맹강이 어디 그냥 산적 나부랭이도 아니고, 화경의 고수가 아닌가?"

"맹강에게 당한 정사의 고수가 한둘이 아닐세. 그중에는 전(前) 천하백대고수도 있지 않았나."

"그래. 자네가 잘못 들은 거겠지."

강호 특유의 부풀려진 소문이라 생각했다.

그러나 이번에는 목격자가 한둘이 아니었다. 살아남은 적림도부터 시작해 갇혀 있던 사람들, 그리고 결정적으로 함께 싸운 토벌대가 있었다. 심지어 당혜와 제갈수란이 나서서 답해 주자 믿기 시작했다.

"적림의 맹강이 화산의 주서천에게 당했다!"

"친척 중에 이번 토벌행에 참여한 금의검문의 무사가 있는데, 내 들자 하니 처음부터 끝까지 전선에 서서 사람들을 이끌다가 최후에는 맹강과 정면으로 승부를 냈다고 하더군!"

"작년에 산화일장에게 이긴 것도 운이 아니라 실력이었어. 어떻게 약관에 그렇게 강할 수 있지?"

"약관도 아닐세. 아직 열아홉이야."

"열아홉? 그게 사실인가? 믿기지 않는구면."

고금을 통틀어도 열아홉 살에 화경의 고수를 정면으로 상대하여 승리한 전례는 없다.

설사 무공이 대단하다 할지라도, 경험이 부족하여 패배하는 게 보통이었다.

"햐, 무공이 그렇게 대단한데도 그동안 겉으로 드러내지 않은 거야? 똘추, 아니 봉추라고 무시당했는데도 아무렇지 않게 넘기다니…… 인내심이 대단해."

"어디 인내심뿐인가? 어딜 가던 겸손한 태도를 보이며 하수라고 무시하지 않고 존중한다고 들었네."

"더 대단한 건 녹룡채에서 있었던 일일세."

"뭔데?"

"눈앞에 평생, 아니 후손 내내 놀고먹을 재물이 산처럼 쌓여 있으면 어떻게 하겠는가?"

"그야 당연히 챙길 만큼 챙기고 도망쳤겠지."

"그렇지? 한데 주 대협께서는 눈길 하나 주지 않고 잡혀 온 사람들부터 구하는 걸 우선으로 했다더군. 정파인이라면서 말만 번지르르한 놈들과는 다르지!"

무림인, 아니 중원인들이 주서천을 칭송했다. 그의 행보는 널리 퍼져 사람이 적은 촌까지 퍼졌다.

난공불락의 성채라 칭해지던 녹룡채를 적은 전력으로 무너뜨리고, 적림총채주를 홀로 상대해 승리했다.

그뿐만 아니라 산처럼 쌓인 재물이 눈앞에 있는데도 눈길조차 주지 않은 채 갇힌 사람들부터 구했다.

영웅지에서나 나올 법한 행보에 중원인들은 열광했고, 이야기 속에서 오르락내리락했다.

"화산파에서 영웅을 배출했어!"

"화산의 명예가 하늘을 찌르는구나."

주서천이 흥하자, 사문의 격도 올라갔다.

"가가, 소림으로 속가제자를 보내는 것보다는 화산으로 보내는 게 좋지 않을까요?"

"부인의 말대로요. 마침 그 생각을 하고 있었소."

"엄마, 나 화산에서 무공을 수련하고 싶어요."

"셋째가 저대로 크면 망나니가 돼서 속 썩일 것 같은데…… 이참에 화산으로 보내 볼까?"

화산의 세대교체가 얼마 남지 않았다. 조금 있으면 제자를 새로 받아들일 시기다.

그렇다 보니 적전제자나 속가제자에 대한 관심이 늘었다. 상가나 명가는 벌써부터 준비하고 있었다.

호북, 방현(房縣).

시간이 흘러 어언 이 주일이 지났다. 녹룡채가 무너진 지도 삼 주일이다.

온 무림의 관심사인 토벌대는 그동안 나름대로 바삐 지냈다.

약 삼 주일 전, 토벌대는 대호채에 도착해 산채를 정리 중이던 관병들에게 인질들의 신병을 넘기고 충분한 휴식을 취했다. 그리고 정확히 삼 일 뒤에 사람들의 성대한 배웅을 받으면서 관아로 향했다.

"아이고, 대협! 안 됩니다! 관아는 안 됩니다!"

부채주가 빌면서 봐 달라고 했지만, 깔끔하게 무시하고 관아에 넘겼다.

부채주의 목에도 두둑한 현상금이 붙어 있어서 상당한 포상금을 받았다.

주서천은 상금을 정확히 넷으로 나눠서 화산파, 당가, 제갈세가, 금의검문에 전달했다.

이후 대강 정리되자 일주일이 흐른 뒤였고, 느긋하게 걸어 이곳 방현까지 오는 동안 일주일이 지났다.

그리고 방현에서 고급 객잔을 전세 내어 늦은 회포를 풀고 이것저것 하다 보니 다시 시간이 흘렀다.

"슬슬 헤어질 때가 됐구나."

장홍이 아쉬운 얼굴로 작별 인사를 고했다.

수선행으로 나온 것이 아니라, 토벌 임무를 수행하기 위해 하산한 것이니 강호에 남아 있을 수 없었다.

"모처럼 같은 여자끼리 모였는데 아쉽네."

장서은이 낙소월의 손을 붙잡고 쓰게 웃었다.

"저도 마찬가지예요."

낙소월의 눈길에도 아쉬움이 감돌았다.

주서천이 독자적으로 움직이다 보니 사형제와 만날 일

자체가 없다. 심지어 동년배 여자도 보기 힘들다.

금의검문에 머물렀을 때도 친해진 동성이라곤 무선화나 초련 정도였다.

"참 나, 어차피 낙 사매와는 내년이나 내후년에 만날 수 있잖아?"

장홍이 어이없다는 듯이 어깨를 으쓱였다.

어릴 적부터 온갖 기대를 받으며 매화검수로 내정된 낙소월의 수선행은 일반 제자와 달리 짧다.

길어도 내후년에는 화산으로 돌아와 매화검수로서 수련을 받으리라.

"혜 언니와 수란 언니도 잘 지내셔야 해요?"

장서은이 당혜와 제갈수란에게 살갑게 말했다.

'언제 저리 친해졌지? 과연 장서은 사저야.'

장홍과 장서은은 어릴 적부터 유독 붙임성도 좋고, 성격이 밝아 주변 사람들과 쉽게 친해졌다.

굳이 배분이나 실력이 아니어도, 훌륭한 인성과 더불어 밝은 성격 덕에 사형제들이 많이들 따른다.

"그리고 혜 언니는 욱하는 성질 좀 죽이는 편이 좋다고 생각해요. 그러다 미움받을 거예요?"

"너야말로 사람에 따라 위경련을 일으킬 과한 친화력부터 어떻게 하는 편이 좋아."

같은 여자라고 봐주지 않는 독설이었다.

"호호호. 그렇게 걱정해 주셔서 감사해요. 역시 말은 그러셔도 혜 언니는 상냥하네요."

"……."

당혜의 미간이 슬며시 좁혀졌다.

"어휴, 그나저나 사제가 이리도 대단하니 어디 가서 자랑할 수 있을망정 내 어깨는 못 펴겠구나."

장홍이 주서천을 보고 고개를 좌우로 절레절레 흔들었다.

"그런 말 하지 마십시오. 장 사형과 사저의 활약도 대단하시지 않았습니까."

거짓말이 아니다.

실제로 장홍과 장서은의 지휘는 우수했고, 최후에 보여 줬던 매화검진의 운용은 실로 대단하였다.

비록 이번의 토벌행에서 주서천의 활약이 부각됐으나, 그 외의 사람들이 묻힌 것은 아니었다. 장홍과 장서은의 경우에도 역시 매화검수가 될 인재라면서 칭찬이 이어졌다.

"하여간 사제 하나 잘 둬서 이게 무슨 꼴이냐."

장홍은 말하면서도 전혀 기분 나빠 하지 않았다.

기분 나빠 하기는커녕, 도리어 자랑스럽다는 듯이 웃으면서 주서천의 어깨를 두들겼다.

"시간만 있다면 너에게 한 수 배우고 싶지만, 그건 나중으로 미뤄야겠다."

"이제는 정말로 가 볼게. 잘 있어, 사제."

"주서천 사형과 함께할 수 있어 영광이었습니다."

"내년에는 저희도 강호로 나올 예정이니, 필요하시다면 얼마든지 불러 주십시오."

장홍과 장서은을 시작으로 사형제들이 한마디씩 건넸다.

화산에서 십 년, 아니 수십 년을 함께했지만 이렇게나 많은 사형제들에게 인사를 받는 건 처음이었다.

"수고 많으셨습니다."

"다음에 나온다면 술 한 잔 사겠습니다."

당가나 제갈세가, 금의검문에서도 인사가 이어졌다. 전장에서 서로 등을 맡겼던 만큼 친분도 쌓였다.

방현에서 화산파의 일행들을 떠나보내고, 남은 사람들은 북동 방향으로 향했다.

호북을 넘어 하남을 지나 산동으로 복귀할 예정이었다.

"그러면 저희도 이만 가 보도록 할게요."

중간 즈음에 양양(襄陽)이라는 마을에 도착하자, 제갈세가도 이만 헤어지기로 했다.

제갈수란은 남동생과는 다르게 화산파처럼 토벌행으로 나온 것인지라 이만 돌아가 봐야 했다.

"도와주셔서 감사했습니다, 누님."

주서천이 나서기도 전에 제갈승계가 먼저 인사했다.

"설마 제갈 소저께서 와 주실 줄은 몰랐습니다."

"아무래도 승계도 있고, 매화정검 대협과는 연이 있으니까요."

"대협이라니, 과분합니다. 낯 뜨거우니 그냥 편하게 주 공자라 불러 주십시오."

주서천이 손사래를 치면서 쓰게 웃었다.

"네, 그러면 그러도록 할게요. 아, 그리고……."

"……?"

"얼마 전에 해 주신 말씀은 큰 도움이 됐어요."

"……아!"

제갈승계를 데려오려고 제갈세가에 방문했을 일이다.

진법에 관해 미래에 알고 있는 지식 중 하나를 흘리듯이 말하고 갔는데, 무언가를 얻은 모양이었다.

"도움이 됐다면 다행입니다."

"그러한 지식은 어디서 얻었는지 궁금하네요. 다음에 기 회가 된다면 진법에 대해 토론을 하는 것도 나쁘지 않을 것 같아요."

"하하하……."

주서천이 어색하게 웃었다. 진법에 대해 알고 있는 건 정말 기초뿐, 그 이상의 것은 잘 모른다.

한편, 제갈세가의 호위 무사들은 주서천과 제갈수란의 대화를 들으며 입을 다물지 못했다.

'아가씨가 저렇게 말을 많이 하시다니!'

'가문 사람들이라면 모를까, 외부인 앞에선 하루에 열 마디를 하는 것도 보기 힘들거늘⋯⋯.'

'부럽다, 부러워. 삼봉 중 이봉과 저리 친해지다니!'

제갈수란이 말 자체를 안 하는 건 아니다. 하지만 필요하지 않으면 아무런 말도 하지 않는다.

진법이나 혹은 전술 관련으로는 누구보다 이야기를 많이 하나, 그 외의 사설은 입에 담지 않는 편이었다.

'크으, 수상한 놈팡이라면 내 진작 혼쭐을 내 줬겠지만 상대가 상대니 그럴 수도 없는 노릇이고⋯⋯.'

'최근에 주서천이 천하백대고수의 반열에 올랐다고 하던데⋯⋯.'

'무공이면 무공, 인품이면 인품. 그리고 호북 제일의 미녀와도 친하니 부러워서 배가 다 아프구나.'

그렇게 훈훈한 분위기 속에서 제갈세가와도 나중의 만남을 기약하면서 이별을 고했다.

"자, 이제 멈추지 않고 바로 가 봅시다. 산동에서 상단주께서 저희를 위해 잔치를 준비했답니다."

"와아!"

* * *

날씨가 조금 쌀쌀하다. 이제 얼마 있지 않으면 설매가 피지 않을까. 무심코 그런 생각이 들었다.

호북에서 산동의 금의상단까지 오는 길에 별일은 없었다. 순탄한 움직임으로 제남에 무사히 도착했다.

급하지는 않아 서두르지는 않았다. 어차피 적림이야 줄어든 산채를 보강하고, 녹룡채의 재물을 배분하고 총채주를 새로 뽑느라 토벌대에는 관심도 없었다.

배가 고프면 잠시 멈춰 서서 사냥을 하고, 잠이 부족하면 수면을 취했다.

이렇게 여유를 부리면서 이동했는데도 산동의 제남까지는 일주일밖에 걸리지 않았다. 일반인이라면 말을 타지 않는 이상 무리였을 테지만 하나같이 무인들이다 보니 잘 지치지도 않고 걸음도 빨랐다.

"대협께서 오셨다! 길을 비켜라!"

제남에 도착하기도 전에 이의채가 소식을 들었는지 잔칫상을 준비해 놓고 버선발로 뛰어 마중 나왔다.

"집이다!"

제갈승계가 이제야 살겠다는 듯 환하게 웃었다. 평생을 살았던 세가보다 금의상단이 편하고 좋았다.

"소란 떠시는 건 여전하시군."

주서천이 피식 웃었다. 성대한 환영에 기분이 나쁘지는 않았다.

"아이고, 정말로 고생 많으셨습니다. 방방곡곡에서 기승을 부리던 개새끼들, 아니 도적들이 대협 덕분에 활동을 멈추고 도망치듯이 사라지더군요. 하, 그동안 입은 피해가 정말 만만치 않았습니다."

"혹시 그동안 입은 손해가 생각 이상으로 큽니까?"

이럴 줄 알았으면 녹룡채에서 값비싼 것 좀 가져올 걸 그랬나 싶은 후회감이 들었다.

"대협께서 나서 주신 덕에 어찌어찌 적자는 면했습니다만, 그뿐입니다. 그놈들이 기승을 부린 이후로는 손해 본 부분을 막느라 흑자를 보지 못했습니다."

이의채가 이득 하나 건지지 못했다는 사실에 우울한 표정을 지었다.

"타 지방에서 계획 중이었던 사업 몇 개도 연기됐습니다. 경쟁 상단들이 기다렸다는 듯이 작업장을 빼앗아서 아예 무산된 곳도 있습니다."

"그래도 적자는 면했다니 불행 중 다행이군요."

역시 상왕은 상왕이었다. 남들 같다면 적자는 물론이고 상단 자체가 망했을지도 모르는 일이다.

한 곳도 아니고 각지에서 적림도가 끊임없이 약탈해 오고, 그로 인한 손해를 다른 돈으로 막아 냈다.

"정말로 위험할 뻔했던 적도 있었지만, 무곡 어르신이 도와주신 덕분에 살았습니다. 아, 대협께서 소개해 주신 그와 그녀의 힘도 든든하더군요."

그와 그녀란 호위로 붙여 준 유령을 말하리라. 보는 눈이 있어 일부러 돌려 말했다.

"마음 같아선 저승에서 고통받고 있을 맹강을 데려와 눈앞에서 다시 죽이고 싶습니다."

이의채의 목소리에 한기가 서렸다. 그동안 낭비한 시간이나 금전적인 손해를 생각하면 열불이 터졌다.

"그동안 고생 많으셨습니다. 한잔하시면서 그동안의 고생을 푸시지요."

"어이쿠, 고생하다니요. 정말로 고생하신 건 천하백대고수 매화정검! 화산파의 사대제자 주서천 대협이시지 않습니까. 주서천 대협 만세! 매화정검 만만세! 화산파 만세!"

술 한 잔 받을 때 감사 인사를 도대체 얼마나 하는지 모르겠다. 이것도 자중하는 편에 속했다.

임무를 끝낸 토벌대원들은 상다리가 부러질 정도로 올라

온 진수성찬을 먹으면서 연회를 즐겼다.

"제가 비록 산동에서 나오진 않았지만, 그래도 영웅분들의 활약은 하나도 놓치지 않고 들었습니다. 매협검 장홍 대협, 옥매화 장서은 여협, 화산제일미녀 미검화(美劍花) 낙소월 여협까지…… 그런 분들을 모실 수 있다니! 이 상단주, 가문의 영광입니다."

이의채가 특유의 간신배 같은 웃음소리를 흘렸다.

"아, 그러고 보니 사매에게도 드디어 별호가 생겼으니 축하해 줘야겠네. 안 그래, 화산제일미녀?"

주서천이 놀리듯이 웃었다.

"정말이지."

낙소월이 못 말리겠다는 듯이 한숨을 내쉬었다. 여러모로 부끄러운지 뺨이 불그스름하게 달아올랐다.

"과연, 화산파. 천하의 금의상단주께서도 화산파부터 기억하시는군요."

한쪽에 앉아서 독한 술을 아무렇지 않게 마시던 당혜가 중얼거리듯이 말했다.

'으윽!'

이의채는 위가 아파 속으로 비명을 질렀다.

"허허허! 아니, 그게 무슨 소리십니까. 다 같은 영웅들인데 위아래가 있겠습니까. 독봉, 아니 당가의 위명 또한 귀가 닳도록 들었습니다. 특히나 대호채에서의 활약을 들었을 땐, 절로 '키야! 그건 또 몰랐네!' 라면서 무릎을 탁 치며 절로 감탄했지요."

"상단주는 턱이나 배에 있을 지방의 기름을 혀에 칠했는지 말씀도 잘하시는군요."

여전히 말은 신랄해도 구부러진 눈썹이 원래의 자리로 돌아온 걸 보면 기분이 나아진 듯했다.

"그렇게 칭찬해 준다면야 이 상단주, 몸 둘 바를 모르겠습니다. 또한 제갈 공자께서도 크게 활약하셨다고 들었습니다. 기관괴협(機關怪俠)이라니, 크으. 천재성을 이해하지 못하는 바보 같은 사람들이 기이하다 하지만 경외를 담아 붙인 것이 분명합니다. 기관지술의 일인자, 대천재 제갈승계 공자님이 아니겠습니까!"

"암, 그렇고말고요. 기관지술의 일인자이자 천재라면 바로 저 제갈승계가 아니겠습니까. 역시 상단주라 사람 볼 줄 아는군요!"

제갈승계가 귀를 쫑긋거리며 좋아했다.

'저거 얼마 전까지만 해도 별호가 마음에 안 든다고 불평하던 놈 맞나?'

주서천이 그런 제갈승계를 보고 어이없어했다.

"그중에서도 제일 축하할 일은 매화정검, 주서천 대협이

시지 않겠습니까. 천하제일백대고수가 되신 것을 진심으로 축하드립니다."

"하하, 대장을 처음 만났을 때부터 알아봤다니까!"

초련이 당연하다는 듯이 술잔을 높여 웃었다.

"아무렴!"

여기저기서 떠들썩한 소리가 들렸다. 대부분 금의상단 사람들만 호응했지만, 그래도 그 열기와 함성 소리는 보통이 아니었다.

"자자, 얼른 제 잔을 받아 주십시오!"

주서천은 술잔을 받으면서도 생각에 잠겼다.

'천하백대고수라······.'

수천 명의 무인 중 오로지 백 명에게만 허락된 자리.

무인이라면 누구나 꿈꾸는 이름이었다.

'정말로 감개무량하구나.'

주서천도 한때 꿈꿔 본 적 있었다. 몇십 년 전인지도 모를 정도로 오래된 일. 전생이자 과거였다.

그러나 그 명성을 이름 앞에 붙여 본 적은 없었다.

전란의 시대야 천하백대고수가 하루마다 바뀌긴 했어도, 그만큼 대체할 수 있는 인재가 많았다.

여타 무인들과 비교하자면 그다지 눈에 띄지 않았고, 전란의 시대가 끝나 평화가 찾아온 뒤로도 실력을 증명할 기회가 없었다.

화산오장로로서 일하느라 제법 바빴다. 그 외의 시간에
도 무공 수련과 책을 읽는 데 정신이 팔렸다.

말년에 화경에 오르는 데 성공하나 얼마 가지 않아 세상
을 떠났다.

누구에게도 기억되지 않았던 무인.

전무후무한 전란의 역사에도 기억되지 않은 사람.

눈을 감을 때도 곁에는 아무도 없었다.

그랬던 보잘것없는 무인이…… 지금은 다르다.

'대협, 정말로 감사드립니다!'

'협객이야, 협객!'

'딸과 아내의 복수를 해 주서서 감사합니다.'

'대단한 무공이시군요.'

'천하백대고수, 매화정검 주서천!'

사람들을 구했다.

영웅이라 불렸다.

처음에는 낯간지러웠다. 그러나 나쁘지 않은 기분이었
다.

어릴 적 꿈만 꾸었던 천하백대고수라는 이름이 앞에 붙
는다. 기분 좋은 울림이었다. 가슴이 뜨거웠다.

매화검봉, 만각이천, 상왕, 독봉. 원래는 결코 함께할 수

없는 사람이다. 어딘가의 밑바닥에서 위를 올려다봐야 보였던 사람들이었다.

그런 사람들이 곁에 있다. 함께 술잔을 기울이며 떠들고, 웃는다.

'그래……'

마치 한여름 밤의 꿈과 같은 그 광경 속에서, 주서천은 무언가를 다짐했다.

"여러분, 괜찮다면 잠시 자리를 옮겨 대화를 나눌 수 있겠습니까?"

무림의 전복을 꾀하려는 흑막, 암천회.

아무리 뛰어나다 한들 혼자서는 암천회의 음모를 막을 수 없다. 그들의 규모는 상상 이상으로 크다.

육대금공은 빙산의 일각일 뿐이다. 강호에 나오면 능히 피바람을 부를 만한 비급서를 수두룩하게 보유하고 있으며, 정사와 마도이세뿐만 아니라 상계까지 깊숙하게 관련되어 있다.

아무리 과거의 기억을 지니고 있고, 미래의 정보를 알고 있다 할지라도 막는 데는 한계가 있다.

그리고 이제 그 도움을 제대로 받으려면, 거짓이 아닌 필요 이상의 진실이 필요했다.

'이제는 도약할 때다.'

준비가 전부 끝난 건 아니다. 하지만 전처럼 숨죽이고, 자신에 대해 철저히 숨기지는 않을 것이다.

어차피 적림총채주나 되는 인물을 죽이면서 싫어도 큰 주목을 받게 됐다.

아마 이번 일로 암천회에서도 척살부의 상위에 올라왔을 터. 이제 혼자 움직이는 것에도 한계가 왔다.

앞으로는 주변의 도움도 받아야 할 필요성을 느꼈고, 맡길 수 있는 믿을 만한 사람들도 있었다.

매화검봉 낙소월, 만각이천 제갈승계, 상왕 이의채, 독봉 당혜, 검마 무곡까지. 이 다섯 명과 이야기했다.

물론 전부를 이야기한 건 아니다. 아무리 그래도 전생했다는 사실 자체는 이야기하지 않았다.

암천회에 대한 것만 대략적으로 설명했다. 그들의 음모나 구조 등에 대해서였다.

혼자서 강호를 돌아다니다가 암천회의 존재를 알게 됐고, 그들을 추적하다 보니 여러 가지를 알게 됐다.

낙소월은 일전에 들은 적이 있어 놀라움이 덜했다. 나머지 네 사람은 가지각색의 반응을 보였다.

"허, 흥마의 무덤 건도 그들이 계획했다는 겁니까?"

제갈승계가 믿기지 않는 듯 되물었다.

"그래."

"흐음."

이의채가 푸짐한 턱살을 매만지며 고민에 잠겼다. 평소처럼 과장하거나 촐랑거리는 모습은 없었다.

눈은 가늘게 뜨고, 그 안에는 한없이 진지해진 눈빛을 담았다.

"터무니없는 이야기인 건 압니다. 아마 쉽게 믿기 어려우시겠지요. 하지만 여러분의 힘이 필요합니다. 한 번만이라도 좋으니 진지하게 생각해 주시면 감사하겠습니다."

진심이었다. 혼자의 힘에는 한계가 있다.

이 진리는 전생을 통해서 깨우친 것이었다.

한 세대를 풍미할 재능의 소유자라 할지라도, 수많은 전장을 겪은 무인도, 그리고 사람으로 느껴지지 않는 절대고수인 상천십좌조차도 그랬다.

영웅이건 절대고수이건 혹은 은거기인이건 암천회 앞에서는 속수무책으로 당했다.

괜히 전란의 최후에 온 무림인들이 협력하여 암천회에 대적한 게 아니다. 그만큼 막강한 힘을 지녔다.

"이미 힘을 빌리고 있지 않습니까, 형님."

제갈승계가 놀라움을 감추지 않으면서도, 주서천의 요청에 제일 먼저 손을 들어주었다.

"이 제갈승계, 어릴 적에 형님에게 속은 걸 잊지 않고 있습니다. 제 혼은 이미 영약에 팔렸죠."

제갈승계가 살짝 웃었다. 잘생긴 만큼 웃는 얼굴이 정말로 멋있다. 어떤 말을 해도 멋있어 보였다.

"무림이, 천하가 아닌 형님이 절 인정해 줬습니다. 남들에게 쓸모없고 머저리 같다고 평가되던 제가 천재라고, 기관의 가치를 알아주셨습니다. 그게 아니었더라면 이렇게까지 성장하지는 못했을 겁니다."

가족에게조차 인정받지 못했던 꿈이다. 응원받기는커녕 제지까지 받았었던 공부였다.

세상에 홀로 남겨진 기분이었다. 아무도 없었다. 시종들조차 별난 사람으로 취급할 정도였다.

가족은 물론이고 무림, 아니 중원의 모두가 천시하던 지식과 공부였다. 바보 같다고 욕을 먹었다.

그러나 어느 날 눈앞에 한 사람이 나타났다. 그것도 화산의 인재라 불리는 소년이었다.

연령은 비슷하나 그 능력이나 행동은 전혀 달랐다.

그런 사람이 오직 자신만을 바라보면서, 대단하다고 칭찬해 주며, 노력해 달라고 했다.

그대로만 노력해 달라고. 지략이건 진법이건 무공이건 간에 하지 않아도 좋으니 하던 걸 하라고.

그렇게 말했다.

"그러니 전 믿습니다. 거짓말이라 할지라도 믿습니다. 형님이 믿어 달라 하면, 믿겠습니다. 무림이, 중원이, 천하가 형님을 믿지 않아도 전 믿겠습니다. 칠 년 전에 절 알아봐 준 것처럼 믿고, 함께하겠습니다."

第五章
소주명원(蘇州名園)

가슴이 뭉클했다. 언제나 '기관! 기관!'이라고 외쳐 대던 최악의 천재가 저렇게 생각해 줄 줄은 몰랐다.

평소의 모습을 떠올리니 왠지 모르게 감동도 배가 되는 것 같다. 입가에 미소가 절로 맺혔다.

"이 소상도 믿고 따르겠습니다!"

이의채가 언제나처럼 말했다. 그러나 그 목소리가 평소와는 느낌이 조금 달랐다.

언제나 비굴함으로 가득했던 눈은 온데간데없고, 얼음처럼 차가우며 수면 아래처럼 잔잔함이 있었다.

"아니, 설사 거짓이어도 상관없습니다. 누구 말이라고

안 믿겠습니까. 힘이 필요하다면 얼마든지 말씀해 주십시오. 대협을 위해서라면 손실도 마다치 않겠습니다만, 그래도 모든 걸 잃지 않게만 해 주셨으면 하는 바입니다. 헤헤헤."

'과연, 상왕인가.'

주서천은 순간 긴장했다. 이의채는 돈과 관련될 때만 되면 이렇게 가끔 다른 사람처럼 변했다.

금의(金意).

금에 의의를 두다. 돈에 의의를 두다.

그게 훗날 상왕이라 불릴 이의채의 전부다.

이의채는 오직 황금이자 '이익'이라는 신념하에 행동하고, 생각하고, 움직인다. 그건 변하지 않는다.

그게 삶이고, 죽음이며, 철학이요, 전부였다.

그에게 도중에 배신당할 걱정은 할 필요 없었다.

정당한 대가만 지불한다면 누구보다 믿을 수 있다. 그 신뢰 관계는 무슨 일이 있더라도 깨지지 않는다.

그러나 이러한 관계는 양날의 검이다. 다르게 말한다면 지불한 대가가 사라지면 어찌 될지 모른다.

물론, 금의상단이 망하지 않는 이상 그럴 걱정은 할 필요 없었다.

전생에서의 금의상단은 이의채가 주변의 도움 없이 혼자

쌓아 올렸지만, 현대에서는 여러 도움이 있었다.

귀주에서 무림맹과 거래할 수 있도록 소개시켜 준다거나, 삼안신투의 유산이 있었다. 이 둘이 없었더라면 '지금'의 금의상단은 없었을지 모른다.

최근의 적림 일도 마찬가지다. 전부 합치면 그 빚의 대가는 아무리 갚아도, 갚아도 부족하다.

'하지만 앞으로 받을 도움으로 인해 금의상단이 혹시라도 망하기라도 한다면 관계는 변한다.'

황제나 관부에게 이를 드러내지 않는 이상 망할 리는 없으나, 암천회가 적이라면 이야기가 달라진다.

아무리 준비해도, 몇 발 앞서가도 방심할 수 없었다. 어떤 일이 벌어져 상단이 망할지 모른다.

만약 그 일로 인해 상단의 전부를 잃는다면, 그동안의 도움이나 지원을 대가의 지불로 보고 여태 쌓아 온 신뢰나 관계가 초기화될 확률이 높았다.

'잊어서는 안 돼. 상왕은 의리로 움직이지 않는다. 하나부터 열까지 실익을 추구하는 사람이란 걸 유의해야 해.'

처음부터 이걸 알고 접근했다. 도리어 이런 사람이기에 앞으로의 일을 믿고 맡길 수 있었다.

상단이 완전히 망하지 않는 한, 이의채는 배신하지 않는다. 그러나 그 반대가 된다면 모르는 일이었다.

어쩌면 전생처럼 정파와 사파, 마도이세와 암천회를 넘나들며 장사를 할지 모른다.

그중에는 자신도 포함되리라.

"나 역시 진실이건 거짓이건 간에 그런 건 그다지 중요하지 않소."

무곡이 팔짱을 낀 채로 담담히 말했다.

"그저 은인을 따를 뿐이오."

딸의 목숨을 구해 줬을 때, 그리 맹세했었다.

무곡의 원동력이자 살아가는 의의는 전생에서도, 현생에서도 은의(恩義)일 뿐이고, 이는 절대적이다.

"농담이라도 할 줄 알았는데, 진담일 줄은 몰랐네."

당혜의 목소리가 주서천의 상념을 깨뜨렸다.

'이 여자에게 말하는 건 고민했지만…….'

당혜에게 이야기할지 말지를 가장 고민했다.

낙소월, 제갈승계, 이의채, 무곡. 이 네 사람은 그래도 어떤 사람인지 잘 알고 있었다. 무엇보다 설사 모른다 할지라도 믿고 맡길 수 있는 신뢰가 있었다.

하나 당혜에 대해서 아는 것은 별로 없었다. 처음에 만났을 때도 잘 몰라 고개를 갸우뚱했었다.

첫 만남도 그다지 좋지 않았고, 이후에도 복수심과 원한을 지닌 채 찾아와 기회만 노리지 않았는가.

그래도 그 관계는 시간이 지나면서 얼마 정도 해소됐다. 그동안 지내며 불신할 정도는 아니라고 느꼈다.

여러 일을 겪으면서 다양한 도움을 받았다. 궁귀검수에 관한 일도 비밀로 해 줬다.

혹시 몰라 유령을 붙인 적도 있었지만, 딱히 수상한 움직임은 보인 적 없었다.

무엇보다 결정적으로 마음을 움직이게 만든 것은 그녀의 유능함이었다.

독만 보자면 중원에서도 손꼽힐 정도로 전문가고, 무공이야 후기지수니 두말할 것도 없었다.

비록 당가의 혈족답게 자존심이 보통이 아니나, 그래도 판단력이 없어질 정도의 수준은 아니다.

그 외에도 의술을 할 줄 안다거나, 정보에 눈이 밝거나, 강호의 경험도 상당하다는 등 유용한 부분이 많았다.

'하루에 독설을 하지 않으면 혀에 가시가 돋을 만큼 성격이 더럽지만, 능력 면으로는 최고다.'

무공으로나 두뇌로나, 심지어 사천당가의 직계 혈족이라는 것까지 합하면 이보다 완벽할 수 없다.

이 정도의 여인이 전생에서 제대로 활약조차 하지 못하고 전장의 이슬로 사라진 게 어이없었다.

"믿어?"

"그럴 리가."

당혜가 눈을 감으면서 고개를 좌우로 흔들었다.

"당신이 그동안 숨겨 온 게 한둘은 아니잖아. 이것도 어떤 것의 일환일지도 모르는 일인걸. 무엇보다 당신의 말을 제외하곤 근거가 부족해. 그런 걸 섣부르게 믿는다면 그거야말로 머리를 의심할 일이지."

'그래. 이게 정상적인 반응이지.'

예상한 반응이었다. 도리어 상식적으로 생각해 보자면 앞의 세 명이 조금 이상한 편에 속했다.

그들에겐 각자의 사정이 있었으나, 낙소월이나 당혜의 경우에는 아니었다.

낙소월은 아직도 반신반의하고, 당혜의 눈초리를 보면 반이라도 믿는지가 의문이다.

"그러니까……."

당혜가 감았던 눈을 천천히 떴다.

"그게 정말인지, 아닌지 직접 확인해 볼 생각이야. 어차피 아직 내기로 묶여 있는 몸이니까."

당혜는 내기를 떠올리며 기분이 상했는지 눈살을 찌푸렸다.

"그래. 그거면 충분해."

주서천이 만족스럽게 웃었다.

"그러면, 이제부터 어떻게 하실 건가요?"

낙소월이 물었다.

"좋은 질문이야."

품 안을 뒤적거리고 한 권의 책을 꺼냈다.

"표지에 아무것도 쓰여 있지 않네요?"

"굳이 말하자면 맹강의 일기 비스름하다고 말해야 하나."

맹강은 관의 눈을 피하려 암천회의 도움을 받았다.

그러나 어디까지나 협력을 구했을 뿐, 믿는 건 아니었다. 도리어 그들을 의심하고 경계했다.

무언가 속셈이 있는 건 아닐지, 혹은 관에 자신을 팔아넘기진 않을지 의심하다 보니 그 관계는 언제나 아슬아슬했다.

그래서 언제든지 일방적으로 이용당하지 않도록, 또한 도망치거나 반격할 수 있도록 준비해 두었다.

"그 '준비' 란 것이 그건가요?"

"그래. 적림 내부에 침투한 간자부터 시작해서 암천회와 관련된 표국이나 상단의 목록까지……."

다른 사람들에게는 몰라도 암천회를 적대하는 입장에서 보면 보물이었다.

어떠한 영약이나 법보도 비교될 수 없다. 이 정보는 어떠한 것보다 귀중하다.

괜히 맹강이 철저한 관리까지 하면서 숨긴 게 아니었다.

"과연, 있을 만도 하군요. 암천회 입장에선 약탈하지 말아야 할 표국이나 상단이 있을 테니까요."

이의채가 두툼한 턱 살을 매만지며 눈을 빛냈다.

"그쪽은 상단주께 맡기겠습니다. 관련된 정보를 전부 넘길 테니, 그들이 가진 걸 전부 빼앗아 주십시오."

"흐흐흐, 얼마든지요."

불어날 재산에 벌써부터 눈을 빛내는 이의채였다.

주서천은 종이를 다음 장으로 넘겼다.

"이중에서도 정말로 중요한 정보는 바로 이것, 비밀 분타입니다."

아무것도 보이지 않는 어둠이었다. 마치 무저갱처럼 그 깊이는 보이지 않았다.

"하하."

빛 한 줌 새어 나오지 않은 암흑 속에서 웃음소리가 흘러나왔다. 그러나 썩 기분 좋아 보이지는 않는다.

"하하하!"

웃음소리가 점차 커져 갔다.

"으하하하하!"

커져 가던 웃음소리는 이윽고 주변을 뒤흔든다. 소림의 사자후조차 작게 들릴 정도의 크기였다.

"……."

천기는 피를 울컥 토하려던 걸 참았다. 웃음소리에 담긴 공력만으로도 가벼운 내상을 입었다.

하나밖에 남지 않은 손으로 바닥을 짚고 몸이 쓰러지지 않도록 지탱했다.

천기만이 아니었다. 바깥에서 발이 땀, 아니 피가 나도록 뛰어다니는 도감부장을 제외하곤 칠성사의 모두가 숨죽인 채로 부복했다.

배꼽 아래의 단전이 찌릿찌릿하며 아파 온다. 말로 형용할 수 없는 공포가 엄습했으나 전부 참아 냈다.

만약 지금 어떠한 소리를 내거나, 몸을 떨기라도 해서 주인을 거스르게 되면 어찌 될지 모른다.

"재미있지 않느냐."

암천회주가 웃음을 뚝 그쳤다.

"어떻게 그렇게 사사건건 방해할 수 있는지 궁금하도다."

"죽여 주십시오."

쿵! 쿵! 쿵!

천기가 지면 위로 머리를 몇 번이나 부딪쳤다. 어찌나 강한지 두 번 부딪칠 때 피가 쏟아졌다.

"어허, 그만해라. 본 회의 소중한 머리인데, 그 머리를 다치게 하면 쓰나."

"회주님의 아량을 생각하지 못한 점 역시 죄송하옵니다. 부디 이 못난 놈을 죽여 주십시오."

실패했다.

"못나다니, 무슨 소리를 하는지 모르겠군. 본 회가 직접적인 피해를 입은 것도 아니고, 고작 도적의 우두머리가 죽은 것뿐인데 말이야."

실패했다. 실패했다. 실패했다.

직접적인 타격은 없으나, 실패했다.

최초는 제의를 거부하고, 상계에서 실권을 쥐려는 금의상단을 무너뜨려 권리와 이익을 빼앗으려 했다.

그래서 적림도에게 맡겼고, 겸사겸사 주서천의 제거도 맡겼다.

그러나 실패했다. 어떤 것도 해결하지 못했다.

심지어 협력 관계였던 적림총채주가 사망하면서 적림십팔채는 고삐 풀린 망아지처럼 통제가 불가능해졌다. 후에 협력 관계를 쌓는다고 해도 그건 나중의 일이다.

후에 혹시 모를 사태를 대비하여 장기짝으로 준비했는데, 잃어버렸다. 다시 쓰려면 시간이 걸린다.

"주서천, 주서천, 주서천이라······."

암천회주가 훼방꾼의 이름을 끊임없이 중얼거렸다. 그 목소리에선 불쾌하다는 감정이 묻어났다.

"당가의 계집이나 쫓아다니는 줄 알았는데, 사실은 송곳니를 숨겨 둔 호랑이였단 말이지. 흥미롭군."

최근에 일어난 강호의 사건, 사고에는 전부 주서천이 껴 있었다. 그의 행보는 확실히 놀라웠다.

아직 열아홉 살밖에 되지 않았거늘, 한 사람이 평생 이루기 힘든 업적을 서너 개씩 세우고 있다.

무엇보다 최전선에서 군부의 장수로서 활약하고, 무림인이 된 맹강을 단신으로 박살 냈다.

이제는 더 이상 경시할 수 없는 문제다. 그동안 준비한 전쟁과 적림의 통제를 한 사람으로 인해 잃게 되었다.

"본 회의 영약을 훔쳐서 달아난 도둑놈, 흉마의 무덤을 무너뜨린 도굴꾼, 그리고 화산파의 주서천."

암천회주가 권좌에서 몸을 천천히 일으켰다. 그 위압감에 칠성사의 여섯 명이 목을 자라처럼 움츠렸다.

"그 셋을 잡아 족쳐라. 무슨 일이 있더라도 잡아 와라. 생포하지 못하면 죽여서라도 데려와라."

"존명!"

여섯 명밖에 남지 않은 칠성사가 답했다.

'죽여 버리겠다.'

천기가 이를 뿌드득 갈았다. 그 눈은 걷잡을 수 없는 분노로 불타오르고 있었다.

'아니, 죽이는 것만으로는 부족하다.'

어떤 일이 있건 간에 흔들리지 않던 이성이 처음으로 움직였다. 크나큰 감정의 파도에 버티지 못한다.

'가족이건 연인이건 친구건, 하나부터 열까지 그놈들과 관련된 모든 것들을 하나도 남기지 않고 모조리, 모조리, 모조리, 모조리……!'

모조리!

'죽여 달라 빌 정도로 박살을 내 주마!'

*   *   *

시간이 흘러 십일월이 됐다. 알록달록하게 물들었던 단풍잎이 떨어지면서 바닥에 쌓인다.

그동안 맹강의 기록을 참조해 비밀 분타를 찾았다.

정보에는 하오문과 유령곡의 도움을 받았다.

그중에는 분타가 아닌 곳도 있었다. 맹강 개인이 암천회의 분타로 의심 가는 곳을 적어 둔 곳이니 별수 없었다.

시간이 들여 조사한 끝에 유력한 후보 몇 곳이 나왔다.

주서천은 그중 한 곳을 골라 준비를 하고 있었다.

"아니, 형님. 저희 전에 훈훈하지 않았습니까?"

"그렇지."

"그러니 저 좀 내버려 두시면 안 됩니까? 왜 절 가만두지를 않습니까."

제갈승계가 눈물을 글썽이며 불쌍한 표정을 지었다.

분타를 습격할 인원이 정해졌다. 주서천과 낙소월, 그리고 제갈승계와 소령이었다.

"그야 그곳에 기관이 있을 테니까."

현대의 무림에선 사장된 것이나 다름없는 기관지술. 그러나 암천회는 자주 응용하곤 했다.

분타처럼 주둔지나 무언가 숨겨 두는 곳은 하나도 빠짐없이 기관을 설치해 뒀다.

"기관이요? 그런 건 빨리 말씀하셔야죠."

죽을 것 같이 싫은 표정이 단숨에 변했다.

"암천회 그것들 그래도 보는 눈은 있네요. 암, 그래. 중원을 정복하려면 그 정도 기술은 있어야지!"

기관을 애용한다는 것만으로 평가가 높아졌다.

"암천회에서 기관 구경시켜 준다고 하면 따라갈 놈일세."

"사형도 차암. 그럴 리가 없잖아요."

낙소월이 쓴웃음을 흘렸다.

"헉, 기관을 구경시켜 줘요……?"

제갈승계가 귀를 쫑긋 세웠다.

"……."

주서천과 낙소월이 침묵했다. 두 사람 다 눈이 시커멓게 죽어 있었다.

"걱정 마세요."

당혜가 조소를 흘렸다.

"아무리 제갈 공자가 그 제갈세가가 맞는지 의구심이 들 정도로 머저리 같다 할지라도 애도 아니고 따라가겠어? 무엇보다 제갈 공자는 친구가 없잖아. 우리가 없으면 놀 사람은 물론이고 대화할 사람도 없을 테니까 분명 우리를 배신하지 못할 거야. 아, 제갈 공자. 나쁘게 생각하지 말아요. 그냥 사실을 말한 것뿐이니까요."

"……."

제갈승계가 몸을 부들부들 떨었다.

"당 소저도 참. 그렇게 사실 폭행 하지 말아 주세요. 제갈 공자님께서 상처 입으시잖아요."

"사, 사실……."

제갈승계가 낙소월의 말에 두 번째 상처를 입었다.

'어찌 저리 잔인할 수가…….'

주서천이 낙소월과 당혜를 보고 탄식을 토해 냈다.

"그나저나, 정말로 넷으로 충분하겠어?"

그래도 비밀 분타가 아닌가. 온갖 위협이 도사려 있을 것이 분명할 텐데 습격 인원이 너무 적어 보였다.

"그래."

사람들을 대동해 가 봤자 눈에 띈다. 안 그래도 얼마 전부터 누군가의 시선이 느껴진다.

적어도 분타의 습격 전에 신분이 노출되는 것은 삼가야만 했다.

무엇보다 그곳이 기관 천지라면, 자칫 잘못해서 기관을 잘못 발동하는 위협도 무시 못 한다.

사람이 많을수록 그만큼 변수가 따르는 노릇이니, 차라리 소수 인원으로 가는 것이 마음 편했다.

"그럼, 자리를 비우는 동안 잘 부탁한다."

일행은 인사를 끝내고 제남을 떠나 남하했다. 되도록 눈에 띄지 않으려 정체를 숨기고 움직였다.

마을도 웬만하면 들르지 않고 숲이나 산, 혹은 강가에서 잠을 청하거나 끼니를 때우곤 했다.

이동은 말이 아니라 경공을 택했다. 제갈승계의 경공이 낮긴 했지만, 그냥 걷는 것보다는 낫다. 무엇보다 그의 내공 수위가 그다지 옅지 않았다. 과거에 영약을 복용한 만큼 내공도 상당했다.

제갈승계가 도중에 온갖 불평을 했지만 깔끔하게 무시해 줬다. 덕분에 경공의 수련만큼은 확실히 했다.

싸우는 것을 못하면 도망치는 것이라도 잘해야 하지 않나. 만약의 사태를 대비해 혹독하게 수련시켰다.

꾸준하게 달린 덕분인지 며칠 지나지 않아 강소(江蘇)에 도착했다.

도적을 만난다거나, 혹은 시비가 걸리는 등의 일은 없었다. 은밀하게 움직인 덕이기도 했지만, 강소는 중원에서도 치안이 비교적 양호한 지역 중 하나였다.

남으로는 사도천의 세력권인 절강이 있었으나, 바로 옆 서쪽으로 무림맹이 위치한 안휘가 있었다.

무엇보다 강소의 남경(南京)이 명나라 초기의 도읍이었던 만큼, 관의 영향력도 남아 있었다.

여하튼, 이후로도 꾸준하게 쉬지 않고 이동한 덕분인지 일주일도 지나지 않아 목적지에 도착했다.

강소 남부의 운하(運河) 도시, 소주(蘇州)였다.

수나라 시절 대운하의 개통 이후로 크게 번영한 소주는 중원에서도 상당한 규모의 도시에 속했다.

남부의 장강 삼각주 평원 위에 위치해 있었고, 대운하와

외성하(外城河)가 성곽을 두른다. 예로부터 운하를 비롯하여 정원이 아름답고, 미인이 많았다.

토지는 비옥하여 생산이 풍부해 어미지향(魚米之鄕)이라 불렸다.

밤에 도착한 일행은 적당한 곳을 찾아 잠을 청한 뒤, 이튿날 아침이 밝자 소주에서 맛있기로 소문난 객점을 찾아 배부터 든든하게 채웠다.

그동안 요리라 할 것도 없이 적당히 사냥해서 배를 때우느라 미식(美食)에 굶주려 있었다.

식비는 충분히 있어 아끼지 않고 진수성찬을 즐겼고, 세 사람 다 만족했다.

소령도 평소의 유령 차림이 아니라 저잣거리의 소녀처럼 입히고 함께 먹었으나 별 감흥은 없어 보였다.

"맛은 어때?"

그러고 보니 함께 다니면서 뭘 먹어도 아무 말이 없었다. 무슨 감상을 내놓을까 궁금해졌다.

"민물고기를 사용했습니다. 그 외로는 소금을 비롯하여 각종 조미료를 사용했고, 독은 없습니다."

"……."

만약 방을 따로 잡지 않았더라면 숙수나 종업원의 얼굴이 일그러졌을지도 모른다. 먹는 도중에 독의 이야기를 하다니, 실례도 이런 실례가 없다.

'그나저나, 소주에 들어온 이후로 붙은 건 없나.'

비밀 분타가 위치한 도시라는 건, 다르게 말하자면 암천회의 소굴이나 다름없다는 의미였다.

그래서 여기까지 오며 최대한 조심했다.

숙소를 비롯해 객점에선 비싼 값을 치르고 방도 따로 잡았다.

행동반경도 좁았고, 시간도 짧았다. 밤에 도착해 짧게 자고 남들보다 빠른 시간에 끼니를 챙겼다.

주변을 경계했으나, 다행히 시선은 느껴지지 않았다. 소주에 온 이후로 기감을 최대로 전개했다.

"좋아, 그러면 밤까지 기다리다 가 보자."

소주의 절경이나 특산품을 구경하고 싶은 마음은 굴뚝같지만, 그런 목적으로 이곳에 온 게 아니다.

이렇게 약간이나마 휴식을 취한 것도 천선성이 제 역할을 하지 못하기에 할 수 있었다.

그만큼 예사롭게 볼 수 없는 게 암천회였고, 만반의 준비를 하고 비밀 분타가 있는 곳으로 향했다.

소주의 명원(名園), 사자림(獅子林)이었다.

*　　　*　　　*

등하불명(燈下不明), 등잔 밑이 어둡다. 소주의 비밀 분타에 제격인 말이었다.

설마하니 외진 곳이 아니라, 소주의 한가운데, 그것도 관리들이 넘나드는 곳에 있을 줄은 몰랐다.

원대 말기쯤에 중봉신승이라는 승려를 추모하려고 건립된 대형 정원은 중원에서도 나름 이름 높았다.

그렇다 보니 침입도 쉽지가 않았다. 그래서 일부러 야심한 시각까지 기다려 축시(丑時) 무렵, 달이 구름에 가려질 순간을 노리고 사자림으로 잠입했다.

대문 격인 문청(門廳)이 아니라, 경비가 허술한 곳을 노리고 최대한 기척을 지운 채 담장을 넘었다.

유령신공이 이곳에서 진정한 위력을 발휘했다. 제갈승계의 경우 보법이 서툴러 주서천이 옆구리에 끼고 움직였다. 유령보의 효능이 떨어졌지만, 그래도 경비의 눈을 피할 정도는 충분히 됐다.

중심 건물인 지백헌(指柏軒)부터 시작해 이곳의 대형 정원을 가로질러 곧장 사자림으로 향했다.

일각도 되지 않는 시간에 숨도 참아 가며 움직였고, 도중에 다리를 지나 사자림에 겨우 도달했다.

태호석(太湖石)으로 된 사자들의 형상과 돌로 된 산이 어울려 기기묘묘한 경관을 자아내고 있었다.

돌로 쌓아 올린 이 산의 밑에는 사람의 손으로 만들어진 미로의 동굴이 있었다.

'정말로 기괴한 곳이로군.'

주변이 온통 사자로 된 가산밖에 없었다. 한둘도 아니고 수백 개가 이어지니 정말로 기이한 곳이었다.

'승계야. 그다음은 어디냐?'

분타가 사자림에 숨겨져 있는 건 확실한데, 입구가 어디인지는 몰랐다.

'여기입니다.'

그러나 걱정할 필요는 없었다. 그 입구도 기관으로 되어 있다면, 제갈승계의 눈을 피해 갈 수는 없었다.

제갈승계가 걷던 도중 동굴의 벽면을 턱짓으로 가리켰다.

주서천은 눈을 마주쳐 고개를 끄덕였고, 제갈승계는 동굴의 벽면을 눌러 옆으로 조심스레 밀었다.

어떤 처리를 했는지는 모르겠으나, 문이 열리는 소리조차 들리지 않았다.

'어때, 괜찮냐?'

주서천이 제갈승계의 어깨를 툭툭 쳐서 물었다.

'네, 괜찮은 것 같습니다.'

입가에 미소가 맺혔다. 그래도 아직 웃기에는 이르다. 소리를 최대한 죽이고 조심스레 진입했다.

전원이 다 들어온 뒤 석벽을 닫았다. 혹시 몰라 외부에서 열린 걸 발견한다면 여러모로 곤란하다.

"후아, 이제 숨 좀 돌리겠군."

주서천이 지친 목소리로 숨을 내뱉었다.

내부는 아무것도 보이지 않아 어두컴컴했다. 품 안에서 손바닥만 한 야명주를 꺼내 주변을 밝혔다.

"어?"

제갈승계의 목소리였다.

무슨 일인가 하고 야명주를 비춰 봤다. 그러나 그 표정이 별로 좋지 못했다.

"왜 그……."

주서천도 말을 멈추고 얼굴을 굳혔다.

"이건……!"

낙소월의 눈이 커졌다.

천장을 비롯하여 벽면과 지면에는 인위적으로 뚫어 둔 무수한 구멍이 보였다.

야명주의 빛은 그 구멍을 통해 흘러들어 갔고, 그 위로 선 같은 것이 그어진 게 보였다.

'아뿔사!'

실수였다.

이런 게 있을 줄은 몰랐다. 아무리 제갈승계라고 할지라도, 보이지 않는다면 알아보기 힘들다.

눈이 조금이라도 어둠에 익숙해졌더라면 알아챘을지 모르지만, 그렇지 않으니 문제였다.

눈앞에 입구가 보이자 급한 마음에 자세히 검토하지도 않고 들어온 것이 문제였다.

아니, 무엇보다 야명주부터 꺼내 든 것이 실수였다. 기를 시각으로 순환해 어둠에 익숙해져야 했다.

"아니, 애초에 이곳은……."

제갈승계가 주변을 둘러봤다. 그 눈동자는 주변을 파악하는 데 힘쓰고 있었다.

"뛰어!"

주서천이 제일 먼저 몸을 날렸다. 멀뚱히 서 있는 제갈승계를 옆구리에 끼고, 보법을 최대로 펼쳤다.

그 뒤로 낙소월과 소령이 뒤따랐다.

스릉―!

무언가가 스쳐 지나가는 소리가 들렸다. 고개를 핵 돌려보니 입구의 천장에서 칼날이 떨어졌다.

일반적인 검의 날 같은 것이 아니라, 낫처럼 휜 날이었는데 그 크기가 통로를 가득 메울 정도였다.

그것이 하나둘씩 떨어지나 싶더니만, 무서운 속도로 천장과 벽에서 치솟으며 통로를 메웠다.

"정면, 지면, 오 척!"

제갈승계가 온 감각에 집중했다. 내공을 끌어 올려 시각과 청력을 활성화하는 데 힘썼다.

"뛰어!"

제갈승계의 말에 의문이 떠오를 틈도, 생각할 시간도 없다. 그저 그 말에 따라서 크게 뛰었다.

약 육 척가량을 넘어서 바닥에 착지했고, 그대로 곧장 다시 달렸다.

통로가 점차 내리막길로 변하다 보니 속도가 붙었다.

"오른쪽, 왼쪽, 왼쪽, 왼쪽, 오른쪽!"

제갈승계의 눈동자가 쉴 새 없이 굴러간다.

쿠구구궁!

기관은 건드리지 않았다. 모두 피해 갔다. 그러나, 처음에 발동된 기관이 문제였다.

벽을 베어 가르며 튀어나오는 칼날들이 그 외의 기관을 건드리면서 연쇄 반응을 일으켰다.

'안 돼.'

제갈승계의 머릿속으로 통로의 구조가 그려졌다.

지금까지 지나오면서 확인했던 기관이 보였다. 발동됐던

걸 다시 한 번 그려 내며 전체를 살폈다.

'너무 많다.'

지반이 어떻게 됐을지 모르지만, 통로에 비해 기관의 숫자가 많아도 너무 많다. 어떻게 될지 뻔하다.

중심이자, 기반이 되는 통로가 무너질 터.

그 예상은 틀리지 않았다. 얼마 가지 않아 천장에서 흙무더기가 후드득 떨어지기 시작했다.

"천장이 무너집니다!"

第六章

만중동공(萬重動功)

쿠구구구.

가벼운 진동에 머리 위에서 흙먼지가 떨어진다. 그러나 얼마 뒤 그 흙먼지는 산사태가 됐다.

설치된 기관과 함정이 모조리 발동되자, 좁디좁은 통로가 버티지 못하고 결국 무너져 내렸다.

이제 설치된 기관 따위는 어찌 되었든 상관없었다. 그것보다도 무서운 속도로 무너지는 천장이 문제였다.

주서천은 용의 몸처럼 길게 이어진 통로를 따라 전속력으로 달렸다. 낙소월과 소령이 힘겹게 따랐다.

숨이 차고, 폐가 찢어질 듯이 아파 오고, 심장이 미친 듯이 뛰지만 상관없었다.

내공이 빠르게 소모되어도 신경 쓸 때가 아니다.

어떻게든 이곳에서 벗어나기 위해서 뛰었고, 중간중간 제갈승계의 경고에 따라 움직였다.

그렇게 정신없이 한참을 달렸을까, 몇 리인지도 모를 통로의 긴 구간도 드디어 끝났다.

"으아악!"

주서천이 참았던 숨을 터뜨리면서 지면을 박차고 멀리 뛰어올랐고, 지면에 무사히 착지했다.

남들이라면 바닥을 화려하게 굴렀겠지만, 뛰어난 무공의 소유자답게 갑작스러운 착지에도 완벽했다.

"사매, 소령!"

주서천이 고개를 홱 돌려 낙소월과 소령이 무사한지부터 확인했다.

"하아, 하아……."

낙소월이 무릎을 굽히고 땀에 젖은 채로 숨을 골랐다. 체력의 소모보다는 심적 소모가 컸다.

경공을 최대로 펼치면서도 정신없이 쏟아지는 기관이나 함정도 피해야 했고, 천장의 붕괴도 무서웠다.

비명을 지를 틈도 없었고, 거의 무의식적으로 목숨을 부지하기 위해 미친 듯이 달렸다.

"괜찮아?"

주서천이 낙소월을 걱정했다.

"큰일 날 뻔했지만요."

낙소월이 살짝 웃으면서 농을 던졌다.

"휴우."

주서천이 안도의 한숨을 내뱉었다. 그러곤 옆구리에 낀 제갈승계를 내려 둔 뒤, 이번엔 소령을 살폈다.

"소령은…… 괜찮구나."

과연, 심살. 죽을 뻔한 위기를 겪었는데도 표정에 변화가 없다.

게다가 호흡 역시 유령심법 때문에 여전히 죽은 사람처럼 멈춰 있다 생각할 정도로 느릿했다. 정상이다.

"다친 곳은 없고?"

"없습니다. 다만 내공을 반절 정도 소모했습니다."

소령이 무뚝뚝하게 몸 상태를 보고한다.

"으아악!"

주서천이 몸을 홱 돌렸다. 제갈승계가 바닥에 앉은 채 뒤로 급하게 물러나면서 정면을 삿대질했다.

"저, 저기!"

새로 도착한 장소는 대낮처럼 밝지는 않지만, 그래도 은은한 빛이 조금씩 흘러나왔다.

아무것도 보이지 않는 암흑을 밝히는 그 빛 사이에서, 얼굴이 시체처럼 창백한 사람들이 나타났다.

아니, 정확히 말하면 '사람이었던 것'이었다.

"강시!"

이마 위의 부적이 눈에 띄었다. 얼굴뿐만 아니라 드러난 피부는 죽은 사람처럼 창백하기 그지없었다.

열여덟, 열아홉, 스물. 딱 이십 구였다.

"혈교의 주술인가……."

강시술은 예로부터 존재했으나, 이를 이용하는 건 마도인. 그것도 혈교 정도였다.

남만도 주술에 일가견이 있었으나, 그중 강시술은 금지술법으로 정해 사용자는 엄중히 벌하였다.

마교의 경우는 강시가 비주류였다. 영환술사(靈還術師)의 숫자가 적기도 했지만, 강시에 관심도 적었다.

"마음에 들지 않는 단체네요."

낙소월이 어느새 호흡을 가다듬고 검을 뽑았다.

중원에서 강시는 금기다.

마도가 괜히 마도가 아니다. 사람으로 하지 말아야 할 것을 아무렇지 않게 행한다.

강시의 원형은 본래 타지에서 죽은 자의 시체를 고향으로 운반해 묻어 주기 위함이었지만, 언젠가부터 사람을 죽이기 위한 병기로 변질되면서 금지됐다.

이제 와선 편히 쉬어야 할 사람을 다시 되살려, 고인을 모욕하는 역천(逆天)에 불과했다.

"소령은 나서지 말고 승계를 호위하면서 몸을 지켜라."

유령곡의 무공은 강시를 상대로 상성이 좋지 않다. 천적이라 불러도 무방할 정도다.

유은비도처럼 암기술 등은 대체로 사혈을 노리거나 혹은 목이나 심장을 찔러 치명상을 입힌다. 그러나 심장이 없어도 움직이는 강시에게는 소용이 없었다.

'좋아, 안 그래도 새로이 배운 걸 언제 써먹을지 고민했는데…… 강시가 적이라면 딱 알맞은 상대다.'

주서천이 검을 고쳐 잡는다. 평소처럼 매화검이 아니었다. 기본적인 검세(劍勢)부터 다르다.

콩.

정면의 강시가 뛴다. 한 발씩 교차하여 뛰는 게 아니라, 양발을 동시에 움직였다.

콩콩콩.

강시의 몸놀림은 뻣뻣하고 자연스럽지 않아 마치 나무토막이 스스로 움직이는 것 같았다.

그러나 그 속도는 우습게 볼 것이 아니다. 주서천의 눈에는 느려 보였지만, 일반적인 무인만큼은 된다.

쐐애액!

강시가 팔을 들어 올려 손가락을 모아 손을 칼날의 대용으로 했다. 그리고 곧장 섬뜩한 찌르기를 날렸다.

주서천은 몸을 최소한으로 틀어 강시의 수도(手刀)를 거뜬히 피하곤, 검을 아래에서 위로 휘둘렀다.

부웅.

위로 쳐올리는 검은 그다지 빠르지는 않다. 평소의 매서운 소리도 없었다. 대신 묵직한 바람 소리를 내면서 수직선을 그어 강시의 오른팔을 잘라 냈다.

'조금은 버벅거리나.'

외관으로 보면 오른팔을 가볍게 자른 것 같지만, 실은 조금 고전했다. 좀 더 간단히, 그리고 빠르게 잘랐어야 했는데 손에서 전해져 오는 느낌이 달랐다.

'좋아, 그러면 그다음!'

감상이나 생각은 찰나에 불과하다. 손잡이를 양손으로 꼬옥 쥔 채, 위에서 아래로 힘껏 내리그었다.

부우웅.

검이 아닌 둔기를 휘두르는 소리가 났다. 공기를 베는 것이 아니라 뭉개고 날려 버린다.

왠지 모르게 기분 좋게 들릴 묵직한 파공성. 검으로 모습을 감춘 둔기가 강시의 머리를 쪼개려 했다.

팅!

"흠."

주서천이 과연, 하고 고개를 끄덕였다.

검이 빗나가지는 않았으나, 강시가 나머지 한 팔을 들어서 막아 냈다. 그러나 전부는 아니고 팔이 반쯤 파였다. 피는 흐르지 않았으나 썩어 빠진 악취와 더불어 시커먼 연기가 스멀스멀 흘러나왔다.

"대충 이 정도인가…… 아, 낙 사매! 놈들은 시독(尸毒)도 머금었으니까 조심해!"

주서천이 내공을 끌어 올려 무게를 더했다. 팔에 막혔던 검이 점차 무거워지며 나머지도 베었다.

머리 위를 보호할 것이 사라지자, 강시도 어쩔 수 없었다. 두개골이 둘로 쩍 갈라졌다.

털석.

꼭두각시를 움직이던 실이 끊어진 것처럼 머리를 잃은 강시가 툭 쓰러졌다.

'좋아, 그럭저럭 쓸 만하군.'

주서천이 검신에 묻은 시커먼 피를 털어 내며 흡족하게 웃었다.

방금 전까지 사용한 검법은 만중검(萬重劍)이었다.

'맹강이 좋은 걸 남겨 줬군.'

맹강이 숨겨 둔 것 중에서 비급이 둘 있었다. 하나는 지금 보인 만중검이요, 나머지는 철포삼이었다.

읽어 보니 마음에 들어 곧장 수련했다. 어차피 중도만공이 있어 거리낌 없었다.

그래서 한동안 시간이 날 때마다 수련했는데, 이게 생각보다 괜찮았다.

'그야말로 중검(重劍)이로구나.'

만중검은 천근추(千斤錘)의 묘리를 기초로 했다. 자기 몸보다 배나 되는 무게를 실어 검을 휘두른다.

그러나 이 무게란 것이 일정하지 않고, 수련하면 수련할수록 늘어난다는 점이 특징이었다.

맹강이 왜 이렇게 좋은 걸 사용하지 않았나 의문이었는데 수련해 보니 그 연유를 알 수 있었다.

만중검은 검법인 동시에 일종의 동공(動功)이었다.

가부좌를 틀고 앉아 내공을 쌓아 심법 수련을 하는 걸 보통 좌공(坐功)이라 부르고, 이 좌공과는 다르게 신체를 움직이면서 호흡해 내공을 쌓는 게 동공이다.

동공은 좌공과 다르게 어려우나, 난이도는 둘째 치고 만중검 자체가 하나의 내공 심법이나 마찬가지라서 중도만공을 습득하지 않는 이상 익힐 수 없었다.

일성에선 검에 무게를 싣는 법을 익히고, 이성이 되면 그

때부터 더할 수 있게 된다.

참고로 강시는 적수로 딱 알맞은 편이었다. 무게를 더해 이처럼 머리를 부수거나 쪼개면 된다.

"매화(梅花)가 아니라 매화(每化) 아니에요?"

낙소월이 조금 어이없다는 표정을 지었다. 그러면서도 앞에서 다가오는 강시에게 눈을 떼지 않았다.

스윽.

오른손에 잡힌 검을 잠시 거두고, 왼손의 중지와 엄지를 구부리면서 공력을 모은다.

타앙!

낙소월이 손가락을 튕겼다. 화산파의 얼마 없는 지공(指功)인 매화오품지(梅花五品指)였다.

둥글게 말아진 공력이 튀어 오르듯 일직선으로 쭉 뻗어 나가 강시의 이마 정중앙을 후려쳤다.

그러나 강시는 고개를 뒤로 살짝 젖혔을 뿐, 아무렇지 않게 일어나 콩콩 뛰면서 접근해 왔다.

시체라면 부패하기 마련이지만, 강시는 그렇지 않다. 도리어 갑옷을 입은 것처럼 몹시 단단했다.

금강 강시는 아니라 할지라도 강시라면 웬만한 공격은 잘 버텨 낸다.

그녀가 검이 아니라 지공의 고수였다면 결과가 달랐겠지

만, 아쉽게도 장기인 것은 검이었다.

"좋아, 그렇다면……."

낙소월이 진각을 밟곤 앞으로 쏘아졌다.

휘리릭!

검을 화려히 휘두르거나 찌른다. 워낙 빨라 복수의 검으로 보였다.

훗날 매화검봉이라 칭해질 그녀의 손에서 이십사수매화검법이 펼쳐졌다. 환검이 아닌 산검을 사용했다.

파바밧!

같은 이십사수매화검법인데도 달라 보였다.

주서천의 경우 검기 다발을 쏘아 내 한꺼번에 투하한다. 마치 유성우가 쏟아져 내리는 것과 닮았다.

그만큼 범위도 넓다 보니 어디로도 피할 수 없도록 그 주변을 빠짐없이 공격한다.

그러나 낙소월의 경우는 그 반대다.

넓지 않고 좁게 한 부분을 노려 일점사하는 것이 가능했는데, 이건 결코 말처럼 쉬운 것이 아니다.

검기를 쏘아 낸 것만으로도 힘들 터인데, 통제를 놓치지 않고 하나하나 조종해서 하나의 지점만 노린다.

화살을 쏘아 그 위를 다른 화살로 명중하는 신기만큼 어려웠다.

무엇보다 검기의 규격이나 공력양이 전부 알맞지 않으면 서로 부딪쳐서 하나로 모이지 않고 산화한다.

그런데 하나로 모인 모양새를 이룬다는 건, 동시다발적으로 쏘아 낸 검기의 조정도 완벽하다는 의미다.

완벽할 정도로 깔끔하고 아름다워, 도리어 이상함이 느껴질 정도다.

"괜히 천재가 아니구나, 사매."

주서천은 머리가 사라진 강시를 보고 질린 목소리로 말했다.

무공에 대한 이해도도 높고, 신체의 움직임도 대단하지만 기의 조정 능력은 타의 추종을 불허했다.

"사형은 그런 소리 할 자격 없거든요."

낙소월이 어이없다는 듯이 주서천을 쏘아붙였다.

열아홉에 천하백대고수의 반열에 든 괴물이 있다.

"그것참, 사형제끼리 칭찬해 주는 것은 좋은데 옆쪽도 좀 신경 써 주십시다!"

제갈승계가 죽통노를 끌어안고 후들거렸다.

혹시 몰라서 가져온 무기를 써 봤으나 강시에게는 통하지 않았다. 화살에 뚫리기는커녕 튕겨져 나갔다.

무공을 못 하는 건 아니지만, 섣불리 공격했다간 죽이지도 못하고 시독에 중독될까 봐 접근도 못 한다.

소령은 자객답게 독에 내성이 있었지만, 강시에게 치명상을 입힐 수 없었다.

어쩔 수 없이 주서천과 낙소월이 힘내야만 했다.

다행히 힘이 부족하진 않다. 도리어 신경이 쓰이지 않도록 제갈승계와 소령이 숨어 있기를 원했다.

주서천은 만중검으로 강시를 머리나 몸까지 베었고, 낙소월은 산검으로 머리를 날렸다.

주서천과는 달리 내공이 무한하지 않은 낙소월은 조금 지친 기색이었지만, 그럼에도 강시들을 어렵지 않게 처리했다.

"드디어 숨 좀 돌리겠네."

검으로 머리를 찔러 확인 사살까지 한 뒤에야 안심할 수 있었다.

낙소월은 수통을 꺼내 목을 축였고, 제갈승계는 주변을 둘러보면서 구조를 파악하는 데 힘썼다.

"미안하다. 너무 섣불렀어."

주서천이 머리를 긁적이며 사과했다. 도착하자마자 야명주부터 꺼낸 게 잘못이었다. 좀 더 신중해야 했다.

"아니에요, 괜찮아요. 누구라도 그랬을 걸요."

낙소월이 고개를 절레절레 흔들며 위로해 줬다.

"낙 소저 말씀이 맞습니다. 아니, 애초에 그곳은 '무너지도록' 설계되어 있었으니까요."

"그게 무슨 소리냐?"

"워낙 순식간이라 자세히 보지는 못 했지만, 빛뿐만 아니라 소리나 무게, 그 외에도 문이 열렸다 닫히는 진동 등 여러 가지에 반응하도록 설계되어 있었습니다. 설사 형님이 야명주를 꺼내지 않았더라도 발동됐을 겁니다."

제갈승계의 설명에 주서천이 눈살을 찌푸렸다.

"잠깐, 그렇다면……."

"사자림의 입구는 눈속임이었다거나, 아니면 이곳 자체가 함정일 수도 있는 거죠."

"후자가 아니기를 빌어야겠군."

전자라면 적어도 이곳이 비밀 분타라는 건 변하지 않지만, 후자의 경우면 곤란하다.

"그래도 그 정도의 설비를 준비한 거면 적어도 눈속임은 아니지 않을까요?"

낙소월이 치맛자락에 묻은 먼지를 소매로 툭툭 털어 내면서 말했다.

"그러지 않기를 바라야지."

*　　　*　　　*

암천회에는 살계부(殺戒簿)란 것이 있다. 얼마 전에 이곳에 주서천의 이름이 윗부분에 새겨졌다.

비록 천선의 부재나 대계로 바쁘지만, 천기는 주서천에 대해 생각하고, 어떻게 처리할지 고민했다.

'확실하진 않으나, 주서천이 본 회의 존재를 눈치챘을지도 모른다.'

의심의 근거가 되는 건 맹강이다. 맹강이 암천회를 믿지 않았던 것처럼, 암천회 역시 그를 믿지 못했다.

생김새는 뇌까지 근육으로 둘러싸여 있을 것 같지만, 전혀 아니다. 문관 뺨칠 정도로 똑똑한 데다가, 성격 또한 세심하고 철저해 결코 얕볼 수가 없었다.

그래서 일거수일투족을 감시했는데 성과가 있었다. 몰래 본 회를 조사하려던 것을 포착했다.

당시에는 보고도 모른 척했다. 눈감아 준 게 아니다.

미리 대비하여 후에 그걸 믿고 무언가 하려는 걸 막을 수 있으니 상관없었다. 도리어 그 믿음이란 걸 이용한 계책을 낼 수 있으니 좋았다.

'회에 대해서 기억하기 쉬운 거야 남겼을 리 없겠지만, 분타나 첩자 정도는 남겼을 가능성이 크다.'

천기의 추측은 소름끼칠 정도로 잘 맞았다. 괜히 암천회의 두뇌가 아니었다.

그동안 정보가 너무 제한되어 있어서 그렇지, 이렇게 무언가 실마리 같은 게 보이면 금세 눈치챘다.

'주서천이 회에 대해서 알건 모르건 간에, 그 수기를 보게 된다면 필히 찾아올 터. 그게 기회다.'

일류나 절정 정도의 수준이라면 이렇게 고민할 필요가 없지만, 그 이상이라서 문제였다.

화경의 경지인지는 아직도 의아하나, 적어도 천하백대고수의 무위를 지녔다는 것만큼은 인정해야 한다.

'내 이런 일이 있을 줄 알고 사전에 온갖 기관들을 설치해 뒀다. 결코 살아 돌아가지는 못할 것이다.'

천기는 전략에만 능한 게 아니다. 진법은 물론이고 기관에도 조예가 깊었다.

암천회의 기관지술은 전부 천기의 머리에서 나왔다.

'기관괴협이 있는 것이 눈에 거슬리긴 하지만…….'

그렇게 큰 문제는 되지 않는다. 애초에 무림에서 사장된 학문이니 공부하는 데도 한계가 있을 것이다.

애초에 기관괴협은 제갈세가의 피를 이은 주제에 머리도 그다지 뛰어나지 않다고 알려져 있다.

'해제하기는커녕 알아채지도 못할 게 분명하다.'

＊　　＊　　＊

석벽에 드문드문 걸린 횃불이 통로를 은은하게 비춘다. 은은한 빛에 의지하며 일행은 앞을 걸었다.

"히히히. 여길 봐도 기관, 저길 봐도 기관이네. 그럭저럭 힘썼지만 이 천재님 앞에선 무의미란 말씀!"

제갈승계가 신난 얼굴로 목소리를 높여 웃었다.

암천의 두뇌, 그 천기조차 제갈승계의 이상할 정도로 기관에만 집중된 천재성만큼은 예상하지 못했다.

하기야 이상한 것만은 아니다. 오직 기관에만 집중된 천재성이라니, 고금을 통틀어도 그런 건 없었다.

만각이천의 앞에서는 어떠한 기관도 숨지 못했다.

얼마나 심혈을 기울였건 소재가 무엇이 되었건, 그런 것 따위는 아무 의미 없었다. 종류에 상관없이 전부 잡혔다.

제갈승계는 콧노래를 부르면서 침이나 소도 같은 걸로 꾹꾹 누르면서 간단히 해제하고 지나갔다.

처음의 입구 때를 제외하곤 발동된 함정은 하나도 없었다.

"정말로 기관이 설치되어 있기는 한 걸까요?"

워낙 순탄하다 보니 의아할 정도였다.

'괜히 만각이천이 아니란 말이야.'

언제 봐도 혀를 내두르는 재능이다. 도저히 말로 형용할 수 없는 수준이었다.

아무리 무공이 고강하다 한들, 지금까지 봐 온 기관을 떠올리면 결코 쉽게 빠져나오진 못했을 것이다.

제갈승계의 안내가 있었기에 시간을 몇 시진, 어쩌면 하루나 이틀이 걸릴 정도를 단축할 수 있었다.

참고로 중간중간 강시들이 등장했는데, 입구에서 마주쳤었던 사강시(死僵尸)였다.

사강시는 삼류나 이류는 당해 내기가 좀 까다롭지만, 일류 정도만 되어도 그럭저럭 상대할 수 있다.

주의할 건 시독과 내공을 불어 넣지 않으면 베이지 않는 몸. 움직임도 둔하니 그리 걱정할 건 없었다.

처리하는 데는 그다지 오랜 시간이 걸리지 않았다.

적당히 상대해 쓰러뜨린 뒤 다음 길로 향했다.

"응?"

통로가 점차 넓어질 때 쯤. 신난 듯이 전진하던 제갈승계가 멈춰 섰다. 눈매도 독수리처럼 매서워졌다.

"무슨 일이냐?"

주서천이 검을 쥔 손에 힘을 주며 물었다.

"이 앞, 전부 함정입니다. 한두 가지가 아니다 보니 전부 파악하기도 힘드네요."

"도대체 얼마나 넣어 둔 거야?"

기관을 적극적으로 운용하는지는 알고 있었다. 그러나 이 정도일 줄은 몰랐다.

"어떻게 할까?"

"괜찮습니다. 돌아가면 되죠."

"돌아가다니?"

"음…… 어디 보자, 여기. 여기를 베어 주시겠습니까?"

제갈승계가 우측 석벽의 곳곳을 가리켰다. 주서천은 강기를 실어 가리킨 곳을 깔끔하게 베었다.

"어?"

알려 준 곳을 찔러 베면 다른 곳과 달리 검 끝이 가벼웠다. 석벽 너머에 빈 공간이 존재한다는 의미다.

고개를 돌려 제갈승계에게 혹시 하는 표정을 지어 주자 그가 머리를 아래위로 가볍게 흔들었다.

"여기처럼 좁은 곳에 열 가지 이상의 기관을 쑤셔 넣으면 발동 중 문제가 생깁니다. 그걸 막으려면 여유 공간을 만들어서 대비해야 하죠."

제갈승계가 말을 끝내면서 석벽을 손바닥으로 밀어내자, 쿵 소리를 내며 뒤로 쓰러졌다. 그리곤 머리만 살짝 내밀어 안을 확인한 다음, 손을 들어 표시했다.

"안으로 들어가면 기관 장치가 여러 개 있을 텐데, 어둠에 눈이 익숙해진 다음 최대한 건드리지 않고 지나가면 됩니다. 계기가 되는 장치는 내부가 아니라 외부에 있긴 하지만, 그래도 조심해서 나쁠 건 없죠."

"저기, 제갈 공자님."

낙소월이 제갈승계를 신기한 듯이 쳐다봤다.

"방금 전에 알려 준 부위는 무엇이었나요?"

"외부의 잘못된 충격으로 기관이 발동할 수도 있으니까요. 그래서 건드려도 되는 부위를 알려 준 겁니다."

"대단하군요. 도대체 어떻게 안 거죠?"

낙소월이 놀라움을 금치 못하고 감탄을 흘렸다. 기관에 대해서 모르지만, 제갈승계가 대단한 건 안다.

"크흠. 크흠."

제갈승계가 콧대를 천장을 찌를 정도로 세웠다. 가슴을 쭉 내밀며 자신만만한 표정을 지었다.

"대단하긴요. 당연한 겁니다. 그보다 어떻게 알았냐고요? 그냥 보이잖아요. 낙 소저도 참. 하하."

"……네?"

처음에는 농담을 하는 줄 알았다. 그러나 표정이나 분위기를 보고 진담이라는 걸 깨닫자 당황했다.

어떻게 받아들여야 할지 몰라서 당황하고 있을 때, 자신의 사형이 다가와 어깨를 두드렸다.

"저거 정말 안 좋은 유형이니까 귀 담아 두지 마. 혹시라도 배울 생각이면 차라리 독학을 해라.”

진심이었다.

신난 듯이 떠들어 대려는 천재를 진정시킨 다음, 일행은 심호흡을 하고 숨은 공간에 진입했다.

내부에 진입하자 정말로 기관 장치가 여럿 있었다.

복잡하게 얽혀 있는 장치는 보기만 해도 어지러울 정도였고, 입구에서 목숨을 위협했던 초승달처럼 휜 칼날이나 사람을 곤죽으로 만드는 철퇴도 숨어 있었다.

혹시라도 소리를 내서 잘못 건드릴까 봐 숨소리까지 참아 가면서 기관 장치들을 피해 갔다.

지나가기 전까지는 왜 진작 이런 곳으로 안 왔냐고 물으려다가 몸으로 겪어 보니 의문이 저절로 풀렸다.

여유 공간이 그다지 넓은 것도 아니라 움직임에도 한계가 있어서 그런지 매우 불편했다.

‘진짜 질리도록 넣어 뒀군.’

아무래도 이 앞에서 마무리할 생각인 모양이었다. 그동안 접했던 함정보다 배는 많았다.

약 일각 정도를 조심하면서 지나갔다. 서서히 기관의 숫자도 적어지면서 여유 공간도 사라졌다. 뱀의 몸통처럼 길게 이어지던 기관 장치도 이제 끝났다.

‘잠깐.’

제갈승계가 외부로 나가려 석벽을 짚으려는 순간, 주서천이 손을 번개같이 뻗어 막았다.

'바깥에 누가 있다.'

검지를 들어 입가를 가리고, 귀에 집중하라는 시늉을 보였다.

벽 너머에서부터 소곤거리는 목소리가 들려온다. 청각에 내공을 싣고, 외부의 목소리에 집중한다.

"이봐, 최초의 진동 이후 반응이 없는데?"

"입구의 기관에 뭉개져서 죽은 거 아니야? 상천십좌가 아닌 이상 그것에서 살아남기에는 힘들지."

일행의 눈이 크게 떠졌다.

주서천은 머리를 굴리며 상황 파악에 나섰다.

'최초의 진동…… 그런가, 입구의 기관. 그것보다 우리의 침입을 알고 있는 눈치인데…….'

최악의 경우, 이 장소 자체가 함정일 수 있다. 함정 자체는 무섭지 않은데, 건질 게 없다는 게 문제다.

'아니, 그래도 이 정도의 준비를 해 뒀는데 아무것도 없지는 않을 거야.'

그리 생각하지 않으면 마음이 불편하다. 부디 최소한의 정보라도 있기를 속으로 바랐다.

'누구지?'

석벽 너머에 누가 있냐에 따라 행동이 변한다. 아직 판단하기에는 시기상조였다.

그래서 누가 이야기하기만을 기다렸다. 되도록 빨리 말해 줬으면 하는 바람이었다.

유령신공을 수련한 주서천이나 애초에 자객인 소령은 하루나 이틀은 가볍게 버티지만, 다른 둘은 아니다.

"움직여야 하지 않나?"

다행히도 벽 너머에서 다시 목소리가 들렸다.

"입 좀 다물어라, 개양성."

중저음의 목소리가 짜증을 냈다.

'개양성!'

주서천의 눈이 번쩍 떴다.

칠성사 중에서 고수를 다수 데리고 있는 곳이 이 개양성이었다. 하나도 빠짐없이 전부 정예 부대다.

참고로 그중에서도 '개양'은 회주 다음의 강자가 맡았는데, 지금은 누가 이끌고 있는지 알 수 없었다.

원래는 이 당시 암천회가 무선화를 치료해 주고, 무곡을 포섭해 개양에 앉히지만 역사가 바뀌었다.

'들어 보니 칠성사병 같은데…….'

회 내에서 칠성사의 우두머리 호칭은 후미에 붙는 '성'을 뺀다. 그렇다면 그저 개양성 소속이라는 의미.

그러나 방심할 수는 없다. 자신이나 낙소월은 몰라도 제 갈승계나 소령이 순식간에 당할 수도 있었다.

 들키지 않도록 내공을 서서히 끌어 올리며 청각뿐만 아니라 여러 감각을 활성화하고 드높였다.

 중간에 두꺼운 벽이 있어서 방해했지만, 그래도 화경의 고수답게 너머에 있는 숫자를 대충 파악했다.

 '십오에서 이십!'

 개양성 외에 다른 소속도 있는 모양이었다. 제일 높은 가능성을 잡자면 천기성이었다.

 이 비밀 분타에 있는 기관의 조정 등을 하려면 기관지술을 전담하는 천기성밖에 없었다.

 '좋아. 들키기 전에 친다!'

 이대로 기회를 재면서 기다릴 수만은 없다. 제갈승계의 무공이 낮다 보니 금방 들킬 게 분명했다.

第七章
제갈천재(諸葛天才)

콰앙!

마른하늘에 벼락이 떨어진 기분이 아닐까. 박살 난 석벽의 잔해 사이로 보이는 얼굴들이 그러했다.

눈동자를 최대한 굴려 칠성사병의 인원수를 파악하는 데 힘쓴다. 정확히 열여덟의 숫자다.

"누구……."

칠성사병이 외치려다가 입을 다물었다. 토끼 눈처럼 동그래진 눈동자를 보아하니 정체를 알아챈 듯했다.

"주서천!"

아니나 다를까 주서천의 이름이 지하에 울렸다.

"어떻게!"

의아해하면서도 몸을 움직였다. 머리를 밀어 머리카락 한 올 없는 대머리가 박도를 휘둘렀다.

꽤나 패도적인 기세지만, 무섭진 않다. 침착한 마음 가짐을 유지한 채 중검으로 받아쳤다.

"으악!"

칠성사병의 일도(一刀)는 깔끔하고 빨랐다. 그러나 습격으로 인해 순간 주춤해 버려 평소와 같진 않았다.

그걸 놓칠 주서천이 아니다. 검을 비스듬하게 올려쳐서 간단히 튕겨 낸 뒤 곧장 하단으로 내려 벤다.

외관만 보자면 평범한 검 같지만, 그 위력은 전혀 아니다. 배나 되는 무게가 실려 대검과도 같았다.

비명을 지를 틈도 없었다. 검이 두개골을 박살 내고 그 안의 뇌까지 쪼개면서 가랑이까지 이어졌다. 차마 볼 수 없을 정도로의 잔인한 광경이었으나, 눈 하나 깜짝하지 않았다.

"후퇴! 재정비!"

누군가가 다급하게 소리쳤다. 석벽이 무너지면서 생긴 먼지가 시야를 가려 섣불리 싸울 수가 없었다.

보통이라면 갑작스런 습격에 당황하여 어떻게든 반격하려 할 텐데, 전혀 그러지 않았다. 처음에 조금 놀라긴 했지만 금방 침착해져 냉정해졌다.

"어딜!"

주서천이 놓치지 않겠다는 듯 신행백변으로 보법을 밟았다. 검에 실은 무게를 지우고, 몸을 가볍게 한다. 그리고 지척에 있는 칠성사병에게 접근해 흉부를 노리고 검을 내질렀다.

"흐읍!"

칠성사병이 도망치던 와중에 발걸음을 멈추고 반격에 나섰다. 검기를 싣고 전력으로 받아 내려 했다.

스윽.

다급함이 보이던 그 얼굴이 와락 일그러졌다. 검을 받아 내려고 휘둘렀으나 맞지 않았다. 검극을 흔들어서 잔상을 만들어 내는 허초에 속아 넘어갔다.

착시가 사라지고 진짜배기가 나타나 흉부에 구멍을 냈다.

"컥!"

단말마의 비명.

나머지 인원들은 뒤로 물러나 진을 쳤다.

"난 니들이 정말 싫어."

반응 한번 귀신같이 빠르다. 웬만한 습격에도 당황하지 않고 최적화된 움직임을 보인다.

수적으로도 차이가 날 텐데, 자만하지 않고 뒤로 물러난 다음 최적의 환경부터 만든다.

"주서천……."

남은 인원 중 한 남자가 중얼거렸다. 복면을 쓰고 있어 얼굴을 알아보지는 못했지만, 눈 부근에 낀 주름살을 보니 꽤 나이가 있는 듯 보였다.

남들보다 작은 편의 체구는 그렇다 쳐도, 몸을 보니 선은 가늘고 근육은 적다. 무인은 아니다.

'천기성인가.'

암천회는 무인이 아니어도 뛰어난 재주를 지니고 있다면 얼마든지 입회할 수 있다.

무인이 아니라 문인처럼 보인다면 팔 할은 천기성이요, 나머지는 간자를 심어 두는 천권성이다.

"강소 분타주냐?"

"……."

아무도 반응하지 않았다. 그저 이쪽을 죽일 듯이 노려보기만 했다.

'예상했다?'

그들의 반응을 보니 이 상황을 대충 추측할 수 있었다.

'그런가. 암천회도 맹강을 믿지 못했군.'

내부의 인물들도 믿지 못해 옥형성이라는 기관을 만들어

감시하고, 수상한 낌새를 보이면 척살하는 단체다. 단순히 협력 관계인 사람을 신뢰할 리 없었다.

'그나저나 함정을 잔뜩 준비해 놓고, 뒤에 칠성사병까지 배치해 둬? 이런 변태도 또 없지.'

방금 전까지 거쳐 간 함정들은 화경의 고수라 할지라도 부담스러운 것들뿐이었다. 설사 화경이라 해도 내공이 마르지 않는 샘물처럼 많지 않다면, 함정들을 막아 내려다가 내공의 소모로 당했을지도 모른다.

강기라면 만년한철로 된 방 안에 갇히지 않는 이상 두부 가르듯이 전부 베어 버릴 수 있지만, 그건 어디까지나 내공이 무한할 경우다. 강기란 게 내공의 소모가 극심해서 물 쓰듯이 쓸 수 있는 게 아니다.

"어떻게 그리 돌아올 수 있었던 거지?"

강소 분타주가 궁금증을 참지 못하고 물었다.

돌아오는 건 불가능하다. 섣불리 벽을 건드렸다간 발동하고 만다. 분타 자체가 하나의 거대한 기관이었다.

"저승사자에게 가서 물어봐라. 그럼 친절히 알려 줄 거다."

"입만 살았구나, 주서천."

강소 분타주의 안광이 불타올랐다.

"급습에 놀라긴 했지만, 거기까지다. 앞질렀다 생각했다면, 그건 크나큰 착각이다."

입가가 비틀어 올라갔다.

"걷든, 뛰든, 날든. 결국은 부처님 손바닥 위에 손오공. 아니, 부처조차 우리의 손바닥 위에 있다."

광오했다. 그러나 그 광오함에 웃음이 흘러나왔다.

"정말로 천기성이냐?"

"……!"

강소 분타주의 입가에서 웃음이 싹 사라졌다. 얼굴은 딱딱하게 굳고, 눈가의 주름이 파르르 떨렸다.

이제껏 어떠한 말에도 반응하지 않던 칠성사병들도 마찬가지였다. 동요가 파도처럼 퍼져 휩쓸었다.

"아무래도 몇 가지 재주 믿고 큰소리 펑펑 치는 모양인데, 그게 패인이 될 거다. 하기야, 천기 성격에 오만방자한 놈을 중요한 곳에 배치하지는 않지."

"…뭣!"

강소 분타주가 믿을 수 없는 표정을 지었다. 복면으로 입을 가려 보이지 않았지만, 입 부근이 깊게 파인 걸 보면 입을 떡 벌리고 있는 것이 분명했다.

"뭘 놀라고 그래, 암천회."

주서천이 히죽 웃었다.

"부처님 손바닥 위라고 하지 않았나?"

풋.

목 줄기에 가느다란 선이 그어졌다. 시뻘건 혈선이었다. 우측 끝에 있던 칠성사병이 옆으로 쓰러진다.

주서천이 아니었다. 소령이었다.

처음에 석벽을 무너뜨린 뒤, 먼지 구름에 몸을 숨기며 호흡을 멈추고 존재감을 없애 버렸다.

그리고 주서천이 시선을 끄는 사이 몰래 접근하여 칠성사병의 목 동맥을 슥 그었다.

"주서천은 생포해라!"

명령이 내려지자마자 열네 명이 된 칠성사병이 움직였다. 각각 열 명과 네 명으로 흩어졌다.

그중 열이 자신에게 달려오는 게 보였다. 주서천은 눈동자를 굴려 나머지 넷을 찾았다.

넷이 둘로 나뉘어져 소령과 낙소월에게 붙는다. 석벽 안쪽에 숨어 있는 제갈승계는 내버려 두었다.

'다행이다.'

제갈승계의 존재감을 눈치 못 챈 건 아니다. 언제든지 처리할 수 있다는 생각에 가만히 내버려 두었다.

차라리 이러는 편이 좋았다. 전력을 분산시켜 제갈승계를 노렸다면 꽤나 성가신 싸움이 됐을 것이다.

마음 편히 놓은 순간, 정면으로 무려 여섯이나 되는 검이 동시다발적으로 쏟아졌다.

여섯 개의 검격 전부 보통이 아니다. 검극에서 느껴지는 기를 보니 최소 절정 정도의 수준으로 보였다.

'흡!'

숨을 힘껏 들이쉬고, 검에 무게를 실었다. 기의 순환은 느리다. 그러나 안정적이고 굳건했다.

막을 형성할 필요도 없었다. 다만 검기를 평소보다 두껍고 넓게 펼친 다음 수비에 힘썼다.

채채채챙!

금속음이 연달아 울려 퍼졌다. 앞에 있는 여섯의 눈에서 이채가 서렸다.

전부 막아 내다니!

한두 개 정도 쳐 내고 피할 줄 알았는데 아니었다. 전부 막은 것도 모자라 조금도 물러나지 않았다.

'매화검이 아니야?'

암천회에서 주서천에게 척살령을 내렸던 만큼, 그에 대한 정보, 주로 무공에 대해서는 이미 알려져 있었다.

주로 피하여 환검이나 변검, 혹은 산검을 쓴다 해서 그에 알맞게 대응하려던 참이었다.

그런데 이게 웬일. 셋 다 전부 아니다. 화산의 검중에서 중검 같은 건 존재하지 않는다.

"합!"

주서천이 짧은 기합과 동시에 검을 크게 휘둘렀다. 검에 실린 압력이 바람처럼 불어 전방을 밀어냈다.

여섯 명이 검을 갈무리하면서 뒤로 물러난다. 그리고 그 사이로 나머지 넷이 풍압을 뚫고 들어왔다.

'어딜!'

중검을 거두고 태세를 변환하고 검을 내지른다. 검 끝이 미세하게 흔들려 허초를 만들어 냈다.

넷 중 셋이 허초에 속아 넘어가 빈 곳을 찔렀다. 하나가 제대로 된 검격을 받아쳤다.

"쿨럭!"

그러나 공력의 차이가 심했다. 주서천의 내공을 밀어내지 못하고 내상을 입었다. 입에서 피를 토했다.

파밧!

검이 섬광을 토해 낸다.

검격이 연거푸 쏟아졌지만, 막아내지 못했다. 심장 부근이 꿰뚫리며 구멍이 났다.

하나를 처리한 다음 허초에 넘어간 셋이 자세를 틀려고 한 게 보였다. 주서천이 얼른 발을 굴렀다.

쿠웅!

천근추의 수법. 만중검을 더해 그 무게가 늘어났다. 살짝 구른 것에 불과한데 지면이 움푹 파였다.

자세를 틀려고 했던 셋의 균형이 흐트러졌다. 삐끗할 뻔한 발을 제자리로 돌리느라 시간이 걸렸다.

주서천의 손에서 검이 번개같이 출수했다.

쐐—액!

공기가 찢어지는 소리가 났다. 모골이 송연할 정도로 섬뜩함이 느껴졌다.

만중검이 사라지고, 드디어 장기가 튀어나왔다. 이십사수매화검법이다. 검기가 화려한 빛줄기를 토해 냈다.

"크아아악!"

"커허억!"

자세를 바로잡으려던 칠성사병들이 결국 균형을 완벽히 잃었다. 피 안개를 흩뿌리며 바닥에 쓰러졌다.

"뭐하고 있어!"

강소 분타주의 불호령이 떨어졌다.

암천회의 무력 집단인 개양성이다. 그런데 뭐 하나 제대로 하지 못하고 순식간에 당했다.

'어떻게 저리 강하지?'

설사 재능이 넘친다고 할지라도, 열아홉이면 경험이 부족해 실전에선 전력을 발휘하지는 못한다.

그런데 무슨 일인지 온갖 실전에서 구른 칠성사병이 농

락당하고 있었다. 눈으로 봐도 믿을 수 없었다.

파앙!

공기가 터졌다. 대기가 둘로 갈라졌다. 한곳이 아니다. 사방에서 소리가 났다.

아까 전에 나가떨어졌던 여섯 명의 칠성사병이었다. 그들이 다시 일어나 전력을 쏟아 냈다.

한곳을 노리고 절정의 고수들이 공력을 전부 쏟아 내니 대기에 분포된 기가 터지는 현상이 벌어졌다.

"끝이다!"

강소 분타주가 신난 듯이 외쳤다.

"그래?"

주서천의 안광이 불타듯이 빛났다.

단전에서 팔을 따라 검으로 향하던 기의 순환이 방향을 바꿨다.

배꼽 아래에서 용솟음 친 내공은 몸 곳곳을 타고 회전했고, 이윽고 몸 외부로 막을 형성했다.

"호신강기!"

누군가가 경악 어린 목소리로 내뱉었다.

째애앵?!

절정의 고수 여섯이 낸 전력도 눈에 훤히 보일 정도로 순도 높은 강기의 막 앞에선 소용없었다.

호신강기가 나타나자마자 대기를 몇 조각으로 나누었던 검기와 도기가 순식간에 소실됐다.

시간이 느릿하게 흘러간다. 복면 너머에서 놀란 목소리가 귀를 통해 고막에 닿았다.

휘리릭!

옆에서 무언가가 날아왔다. 자세히 보니 비수다. 그러나 목표는 자신이 아니었다.

푹!

코앞의 칠성사병의 눈이 찢어질 듯이 커졌다. 그의 관자놀이에 비수 하나가 꽂혔다.

멈춘 듯이 느리게 흘러가는 시간 속, 주서천이 눈동자를 옆으로 굴렸다. 저 멀리 칠성사병의 목을 허벅지 사이에 끼고 부러뜨리고 있는 소령이 보였다.

왼손은 적의 목을 감싸 안고 있었고, 오른손은 쫙 펼친 채 앞으로 쭉 내밀고 있었다.

'과연, 승계에게 위협이 없다는 걸 판단하고 날 돕기로 한 건가.'

유령에 대한 지식이 하나 더 늘었다. 최우선 명령이 문제가 없다고 스스로 판단하면 곡주를 돕는다.

주서천이 관자놀이에 꽂힌 비수를 왼손으로 뽑았다.

'다섯!'

쐑!

손목을 살짝 튕겨내 비수를 다시 날렸다. 좌측에서 다음 동작을 이으려던 칠성사병의 목에 꽂혔다.

공격은 여기에서 멈추지 않는다. 주서천이 몸을 틀어서 이번엔 바로 오른쪽의 칠성사병을 베었다.

칠성사병이 반사적으로 놀라 몸을 움츠리고 검으로 막으려 한다. 그러나 검강 앞에선 통하지 않았다.

두부를 베듯, 검과 함께 몸이 동강 나면서 목숨을 잃었다.

여섯이 넷으로 됐다. 나머지 넷의 눈이 휘둥그레졌다.

"사형!"

주서천이 허리를 꺾듯이 뒤로 젖혔다. 그 위로 수평선을 그리는 낙소월의 검이 나타났다.

"크하악!"

방금 전에 전력을 쏟아 낸 것이 화근이었다. 충분히 막아 내거나 피할 수 있는 것도 허용해 버렸다.

"허억!"

"흐읍!"

둘밖에 남지 않은 칠성사병들이 기겁하면서 뒤로 물러났다. 그 눈동자에 묻어나는 건 공포였다.

"이럴…… 수가……."

강소 분타주가 넋 나간 얼굴로 입을 다물지 못했다.

열셋이 당하는 데 채 일각도 지나지 않았다. 순식간에 피를 흩뿌리면서 쓰러졌다.

그들이 누구인가. 회 내에서도 강하기로 소문난 개양성이다.

무공이나 경험. 그 무엇 하나 빠지는 것이 없다.

그런데 당했다. 일방적이라 할 정도의 수준이었다.

아무리 천하백대고수라 할지라도, 화경이라 해도 절정의 고수 열을 동시에 상대하는 건 어렵다.

"으음."

낙소월이 짧은 신음을 흘렸다.

"이 정도일 줄은 몰랐네요……."

암천회에 대해서 대강 들었지만, 그동안은 반신반의했다. 그러나 오늘의 경험으로 생각이 바뀌었다.

이곳의 시설은 개인 세력만으로 어떻게 해 볼 수 있는 게 아니다. 무엇보다 칠성사병의 강함이 충격이었다. 한 명, 한 명이 이류나 일류도 아닌 절정이다.

겨우 둘밖에 붙지 않았으나 이조차 상대하기가 벅찼다. 도중에 소령의 도움이 없었다면 애먹었으리라.

"분타주, 금방 거기로 갈 테니까 허튼짓하지 마라."

적의는 보이지 않았다. 방금 전 보여 준 무위에 압도된 모습이었다. 그러나 절대 방심하진 않았다.

강소 분타주는 주서천이 터덜터덜 걸어오자 몸을 움찔 떨곤 급한 목소리로 소리쳤다.

"멈춰라, 주서천! 대화다. 대화를 하자."

"무슨 대화?"

"그 도적놈에게 무엇을 들었는지 모르지만, 넌 지금 단단히 오해하고 있다."

"오해? 무슨 오해?"

"본 회는 네가 생각하고 있는 만큼 강력하다. 잘난 영웅심에 취해 어떻게 해 볼 수 있지 않단 말이다."

주서천은 잠시 멈춰 서서 어깨를 으쓱였다.

말이 통했다고 생각한 강소 분타주는 신난 듯이 떠들었다.

"여기에서 날 살려 준다면 그분들께 내 너에 대해 잘 말해 주겠다. 약속하지. 너처럼 고수, 그것도 화산파의 제자라면 기뻐하시며 받아들일 거다. 여기에서 순순히 항복하고 입회하면……."

"분타주."

주서천이 강소 분타주를 쳐다봤다. 얼음장처럼 차가운 시선이었다.

"소리가 들려."

초조해 보이는 눈동자가 이리저리 움직인다.

"머리 돌아가는 소리가."

"······!"

눈에 확연히 보이는 동요.

"제기랄!"

강소 분타주가 뒤도 돌아보지 않고 반대 방향을 향해 전력으로 달렸지만, 그다지 빠르지 않았다. 고수 입장에서 보면 하품이 나올 정도로의 느릿함이었다.

그러나 여유를 부리지는 않았다. 천기성이니 무엇을 할지 모른다. 몸을 날려 곧장 쫓아가려 했다.

"막으려고?"

칠성사병이 앞을 막아섰다.

결과가 뻔해도 목숨을 걸고 막아 내겠다는 결연한 의지가 돋보였다.

"미안하지만 상대할 시간 없다."

보법을 극성으로 펼쳐 지나쳤다. 뒤에서 쫓아오려는 움직임이 느껴졌지만, 낙소월과 소령이 막아섰다.

"분타주!"

보법을 극성으로 펼쳤는데 따라잡지 못할 리 없다. 공간을 접듯이 이동해 뒷덜미를 붙잡았다.

"으윽!"

"일단 정신 좀 차리자."

암천회의 천기성은 대부분 머리가 좋다. 어떤 짓을 할지 몰라서 머리를 붙잡고 땅에 거칠게 처박아 뒀다.

쿵.

강소 분타주에게서 고통스러운 비명이 터져 나왔다. 이어서 다시 쿵 소리가 나면서 피가 바닥을 적신다.

"이제부터 몇 가지 물을 건데, 바른대로 말 안 하거나 혹은 허튼짓하면 몸이 좀 아플 거야."

"주…… 서천…… 지금이라도 늦지 않았…… 크아악!"

섬뜩한 소리가 나면서 검지가 부러졌다.

고통스럽게 일그러진 표정을 확인한 주서천이 만족스러운 표정을 지었다. 생각보다 일이 쉬울 것 같다.

암천회의 일원들은 대부분이 입이 무겁다. 조금이라도 실수한 순간 목숨을 보장할 수 없어서다.

설사 적의 협박에 넘어간다 할지라도, 후에 알려지게 된다면 이유가 어찌 됐건 간에 목숨을 보장받지 못한다.

그중에서도 천권성이나 옥형성이 성가시다. 고문에 대비한 훈련을 해서 결코 입을 열지 않았다.

천기성의 경우는 쉽다. 애초에 외부에 잘 나오지 않는 데다가 고통 자체에 익숙하지가 않았다.

강소 분타주가 대표 격이었다.

"손가락이 전부 끝나면 발가락이다. 발가락뼈가 전부 부러지면 손톱을 뽑아 주마."

"무, 무슨 이따위…… 아아아악!"

우드득.

아무렇지 않은 얼굴로 엄지를 부러뜨렸다. 그러곤 아무도 듣지 못하도록 귓가에 조용히 속삭였다.

"어허, 머리 좋은 천기성 양반께서 왜 그러시나. 서로 피곤하게 가지 말자. 제대로 답해 주면 살려는 드릴게."

어떻게 봐도 세간에서 추앙받는 영웅은 아니다. 웬만한 사파인도 혀를 내두를 정도로의 잔혹함이었다.

강소 분타주는 아무 말도 하지 못하고 신음만 흘렸다.

"시간 끌지도 말고."

세 번째 손가락, 중지까지 부러졌다. 처절한 비명 소리가 울린다.

"단도직입적으로 묻지. 이 분타는 함정인가?"

"……."

답변은 돌아오지 않았다. 고통으로 가득 찬 눈빛 속에서 망설임이 보였다. 마저 약지를 꺾는다.

"아아악! 그, 그래! 함정! 함정이다!"

정확히는 이곳만이 아니다. 눈치챘을 법한 장소에는 기관의 추가 설치와 전력을 보강해 두었다.

주서천이 실망스러운 표정을 지었다. 원래부터 함정을 준비한 곳이라면 얻을 게 없을지도 모른다. 그래도 일말의 희망을 놓치지 않고 물었다.

"이곳은 원래부터 함정을 목적으로 만들어졌나?"

"아, 아니다……."

"그래?"

주서천이 반색했다. 생각만큼 최악은 아닌 모양이었다. 분타에 대해서 아는 걸 말하라고 재촉했다.

강소 분타주는 이번에도 또 주춤거렸다. 결국 다섯 번째 손가락까지 부러졌고, 있는 대로 설명했다.

원래는 정상적인 활동을 하고 있었다. 그러나 후에 노출되면서 경계를 높이고, 분타의 등급을 한 단계 격하시키면서 중요도를 낮췄다.

분타가 워낙 잘 쓰이기도 하고, 약간의 위험만으로는 철수하기가 아까워 이대로 남기기로 했다.

"좋아, 그러면 쓸모 있는 걸 찾아보자."

주서천이 강소 분타주를 질질 끌어서 일행에게 데려갔다. 마침 싸움도 알맞게 끝나 있었다.

"후우!"

낙소월이 지친 기색을 숨으로 내뱉었다.

하단전의 내공이 얼마 남지 않아 체력까지 제법 소모했

다. 사형과 달리 그녀의 내공은 무한하지 않다.

입구에서부터 시작해 여기까지 오는 데도 내공의 소모가 상당했다. 칠성사병과의 싸움도 마찬가지였다.

소월도 겉보기에는 아무렇지 않은 표정을 짓고 있었으나, 호흡이 흐트러져 있었다.

"둘 다 수고했어. 승계야, 끝났으니까 나와라."

이름을 부르자 제갈승계가 무너진 석벽 너머에서 머리를 빼꼼 내밀어 주변을 둘러봤다.

"휴, 수고하셨습니다."

제갈승계가 가슴을 쓸어 넘기며 안도의 한숨을 내쉬었다.

'이놈들 정체가 도대체 무엇이냐?'

강소 분타주가 동료의 시신을 보고 입을 다물었다.

주서천도 주서천이지만, 낙소월과 소령 역시 범상치 않았다.

'미검화, 낙소월.'

'화산제일미녀'로 불리며 다음 대 봉황의 유력 후보다.

낙소월에 대해선 잘 알고 있었다. 도리어 주서천이 유명하기 전에는 낙소월에 대한 정보가 더 많았다.

화산오장로 철혈매검의 제자로서 어릴 적부터 범상치 않은 재능을 보이던 천재가 아닌가.

보통은 아닐 거라 예상했지만 설마하니 이 정도일 줄은 몰랐다.

최소 절정인데, 아직 열여덟 살밖에 되지 않았다는 걸 생각하면 괄목할 성장이었다.

'저 어린아이는 또 무엇이고?'

외관만 보면 이제 막 지학 정도 되었을까. 많아 봤자 열셋에서 열넷밖에 되지 않았다.

신장도 적어 머리가 겨우 허리에 닿을 정도밖에 되지 않은 소녀인데 분위기가 보통이 아니었다.

강소 분타주는 절망적인 상황에도 포기하지 않고 머리를 굴려 가며 적에 대한 정보를 풀려 했다.

"괜히 빙빙 돌지 말고 쉽게 가자. 여기에 외부로 나가지 말아야 할 것 있는 거 다 알아. 무슨 말 하는지 잘 알지? 안내해."

강소 분타주가 이번엔 눈치껏 행동했다. 나머지 손가락도 잃고 싶지 않은지 머리를 격하게 흔들었다.

일행은 그를 앞세워 안내를 받았다.

여유가 생겨 드디어 내부를 구경할 수 있었는데, 지금까지 온 통로와는 다르게 공간이 넓었다.

직진하다가 도중에 옆으로 돌기도 하고, 나선형으로 꼰 계단을 타고 위로 올라갔다.

일다경쯤 지났을까 미약하게나마 바람이 불었다.

"출구와 가깝나?"

"그, 그렇습니다."

"들고나오기 쉽게 출구 근처에 숨겨 둔 건가. 혹시 말하지만 지금 도망치려고 일로 온 거는 아니지? 분타주는 머리가 좋으니까 그러지 않을 거야."

괜한 짓은 하지 말라고 경고하면서 안내를 받았다. 그렇게 일다경 정도를 더 걷자 광경이 바뀌었다.

'더럽게도 길군.'

새삼 암천회의 저력을 확인할 수 있었다.

"여기입니다."

철문이 열리면서 서재가 모습을 드러냈는데, 이곳만 전혀 다른 장소 같았다.

외부와 달리 퀴퀴한 냄새도 없었고, 관리가 잘된 듯 먼지 하나 찾아볼 수 없었다.

바닥이나 벽은 돌로 되어 있었지만 사람의 손길을 타 울퉁불퉁하지 않고 매끈했다.

"호!"

주서천이 만면에 웃음을 띠고 흥얼거렸다. 월척이었다. 생각 이상으로 좋은 게 많아 보였다.

'멍청한 놈.'

강소 분타주는 내색하지 않았지만 주서천을 비웃었다.

'여기에 데려오게 만든 것이 잘못이다.'

확실히 이 장소는 강소 비밀 분타 중에서도 중요한 곳이다. 여러 정보나 계획, 비밀이 잠들어 있다.

외부와의 연락 체계부터 시작해서 위에서 내려온 지령, 그리고 돈 될 것도 많았다.

당연한 이야기지만 그런 곳에 아무런 방책을 안 할 리 없었다.

출입 장치를 먼저 건드리지 않고 무언가를 건든다면 인체에 영향이 가는 극독이 포함된 독연(毒煙)이 나온다. 고수건 뭐건 단번에 당하리라.

'나야 해독제를 복용해 뒀으니 상관없다.'

일어나자마자 한 일이 해독제의 복용이다. 지금처럼 만약의 상황을 대비해서였다.

'천기께서 공들여 직접 설치해 주신 거다. 파악은커녕 눈치도 못 챌 터!'

웃음이 자꾸 튀어나오려던 걸 가까스로 참았다.

'으하하하! 나의 승……'

딸칵.

"오, 독이 나오는 기관인가. 신경 좀 썼네."

제갈승계가 아무렇지 않게 기관을 해제했다.

"……!"

저건 또 뭐야!

강소 분타주가 눈이 찢어질 듯 크게 떴다. 주서천이 보고 있다는 사실을 잊을 정도로 놀랐다.

서재 내부의 설계도는 천기성의 일부에게만 전해졌고, 그 자체도 전부는 아니었다.

무엇보다 이 장치는 열두 시진이 지날 때마다 스스로 움직여 위치를 바꾸는 해괴함까지 지녔다.

그런데 해제했다. 아무렇지 않게, 장난감을 만지듯이, 산책을 하듯 걸어가 멈췄다.

"서, 설마……."

머릿속에서 하나의 가능성이 떠올랐다.

불신으로 가득한 시선이 제갈승계에게 향한다.

"나도 알아."

제갈승계가 시선을 느끼고 가슴을 쫙 폈다.

"나 천재인 거!"

말도 안 돼!

강소 분타주가 입에 거품을 물고 부정했다. 상식적으로 도저히 이해가 안 가는 일이었다.

다른 사람도 아니고 천기다.

천하제일의 두뇌가 공들여 만든 걸 애송이가 아무렇지

않게 해제하다니.

"하하."

주서천이 웃었다.

강소 분타주의 얼빠진 표정 때문이 아니다. 손에 쥐고 있는 종이의 내용을 보고 만 것이다.

"사도천이라……."

第八章
사도잠입(邪道潛入)

"으아아아악!"

천기가 괴성을 내지르며 책상을 뒤집어엎었다. 그 위에 산처럼 쌓여 있던 서적들이 아무렇지 않게 바닥을 뒹굴었다. 근처의 문관들이 슬금슬금 눈치를 봤다.

"주서천! 이 개새끼! 씹어 먹어도 시원치 않을 놈!"

어떤 일에도 흥분을 잃지 않던 천기가 발광했다. 괴성을 내지르고, 바닥을 두드리며 노성을 내뱉었다. 평소의 천기를 생각하면 결코 볼 수 없는 광경이었다.

"도대체, 도대체, 도대체……!"

너무 열이 올라 도중에 말문까지 막혔다. 이를 어찌나 세게 가는지 빠득빠득 소리가 났다.

"그곳에서 살아남았다고?"

강소 비밀 분타. 결코 쉽게 넘어갈 수 없는 곳이다.

입구에서부터 이어지는 온갖 기관 장치는 그야말로 압도적. 설사 입구를 통과한다 해도 강시가 기다리고 있으니 그야말로 악몽 그 자체였다.

어떤 경지에 있건, 영약을 얼마나 처먹었건 간에 그 통로를 무사히 지나는 건 불가능하다.

설사 무사히 빠져나온다고 해도 개양성 소속의 고수들이 막고 있다. 화경이라 할지라도 낯선 환경, 한정된 장소에서 훈련된 부대와 싸우는 건 힘들다.

기술과 자금이 들어간 기관 장치부터 시작해 혈교의 주술, 심지어 순수한 무력까지 들어갔다. 고수가 아니라 고수 할아버지가 와도 살아남지 못한다. 당시 개양성 병력을 배치할 때도 다른 수뇌에게 그렇게까지 할 필요없다는 말까지 들을 정도로 철저했다.

그러나 이 정도가 아니면 안심이 되지 않았다. 강소 비밀 분타의 가치가 나름대로 상당해 포기하는 건 손해였고, 그래서 철저히 습격에 대비했다. 이왕 하는 것 빈틈없이 철저하게 하고 싶었다.

최악의 사태를 대비해서 출구 근방에도 감시대원들을 붙

였다. 철저한 걸 넘어 광기가 느껴질 정도다.

그러나……

"아는 게 하나도 없다고?"

소주의 끄나풀 중 몇몇이 사자림 지하에서 이변이 일어났다는 보고를 올렸다. 불안감에 부랴부랴 사람을 보냈으나, 비밀 분타가 무너졌다는 보고를 받았다.

이름 그대로 박살이 났다. 입구야 원래부터 그런 구조로 되어 있으니 상관없지만, 떨어진 곳에 위치한 나머지 출입구도 막혔다.

무엇을 얻었는지, 또 가져갔는지 조사할 수도 없었고, 심지어 출입구에 배치한 감시대원도 실종됐다.

말이 실종이지 사망이나 매한가지였다. 하나부터 열까지, 심혈을 기울여 준비한 것이 모두 실패해 버렸다.

더더욱 열이 받는 건 앞으로의 계획이다. 안에서 어떤 정보를 얻었는지 모르니 대계를 대폭 수정하는 방안도 생각해야만 했다.

*　　　*　　　*

일주일 전.

일행은 서재에서 얻은 자료들을 보따리에 쑤셔 넣은 다

음, 출입구를 통해 나왔다.

　나오자마자 주변에서 시선이 느껴져 죄다 처리했다. 대비 하나는 질릴 정도로 해 놨다.

　정리한 다음 다시 출입구로 되돌아가 비밀 분타를 무너뜨렸다. 제갈승계가 몇 개 건드리니 기관 장치가 마구잡이로 움직이면서 결국 지반을 무너뜨렸다. 그리고 그걸 본 강소 분타주가 혀를 깨물어 자결했다.

　한눈을 판 게 실수였다. 이제껏 잘 따라 줘서 목숨을 아까워하는 자인 줄 알았는데, 아니었다. 아무래도 마지막까지 숨겨 둔 게 있다가 전부 실패로 돌아가자 희망을 잃고 목숨을 끊은 듯했다.

　원래는 제남으로 어떻게든 데려가 고문으로 쓸 만한 정보를 알아내려 했는데 실패했다.

　현 장소도 모르니 무작정 걸어야 했다. 반나절 정도 걸어서 나온 마을에서 위치를 파악했다. 소주에서 멀지는 않지만 가깝지도 않은 거리에 있었다.

　"이제 어떻게 하실 건가요?"

　낙소월이 물었다.

　"아무래도 사도천으로 잠입해야 할 것 같다."

　"사도천이요?"

　"그래."

강소 비밀 분타에서 건진 정보는 소위 대박은 아니지만, 그래도 그에 준할 정도는 됐다. 정확한 미래를 추측할 수 없는 지금 같은 상황에서는 딱 알맞았다.

어떻게 할지 고민하다가 강소에서 사도천 세력권이 그다지 멀지 않으니 이대로 남하하기로 마음먹었다.

참고로 이번에 알게 된 사실을 낙소월과 제갈승계에게도 알려 줬다.

"암천회가 무림 곳곳에 깊숙하게 개입하고 있다는 건 알았지만, 이 정도일 줄은 몰랐네요."

낙소월이 놀라움을 금치 못했다. 제갈승계가 동의하듯 고개를 주억거렸다.

"그래서 말인데……."

주서천이 곤란한 표정으로 머리를 긁적였다.

"알아요. 제가 동행하면 눈에 너무 띄는 거죠?"

낙소월이 마음에 들지 않는 듯 눈썹을 구부렸다.

그러나 한편으로는 이해가 안 가는 것은 아닌지, 그래도 따라가겠다면서 억지를 부리지는 않았다.

평소에도 미모 때문에 주목을 받지만, 녹룡채 건으로 명성을 떨치게 되면서 누구나 알아볼 수 있는 몸이 됐다. 면사포로 가려도 한계가 있을 것 같아 차라리 데려가지 않는 편이 좋았다.

"어쩔 수 없죠."

낙소월이 무척이나 아쉬워했다. 모처럼 강호에 나와 사형과 수선행을 함께하려 했는데, 어째 시간이 잘 맞지 않는다. 무엇보다 오늘 헤어지면 당분간 오랫동안 보지 못할 수도 있어서 아쉬움이 더욱 컸다.

"날씨도 쌀쌀해졌네요. 조금 있으면 일 년이에요."

낙소월은 여타 화산의 제자들보다 강호를 유람할 수 있는 시간이 짧다. 매화검수로 내정돼서다.

성과야 충분히 쌓았으니 더 이상 필요 없다. 화산으로 돌아가 예검수로서 훈련받는 일만 남았다.

"약속도 제대로 못 지켜서 미안해. 부디 이 못난 사형을 미워하렴."

주서천이 쓴웃음을 지었다. 농담이 아니라 진심으로 미안한 마음이었다.

이리저리 끌고 다니다가, 도중에 낙소월을 내버려 두고 하오문이라거나 여러 일로 사라졌었다. 얼마 뒤에 합류해 동행했지만, 암천회의 일로 유람은커녕 바쁘게 지내다가 시간을 다 보냈다.

"아니에요, 괜찮아요."

낙소월이 머리를 좌우로 절레절레 흔들었다. 입가에는 자연스러운 미소가 맺혀 있었다.

"확실히 아쉽긴 하지만, 상황을 이해 못 하는 건 아닌걸요. 어쩔 수 없으니까요. 무엇보다, 전 사형과 이런저런 경험을 해서 즐거웠어요."

'뭐지, 선녀인가.'

눈부신 미소가 뇌리에 박혔다. 눈앞에 어른거리는 걸 지울 수가 없을 정도로 파괴적이었다.

무공으로 치자면 상천십좌 정도는 되지 않을까. 심각한 내상을 넘어 주화입마 수준의 위력이었다.

"당분간 못 보는 게 아쉽지만…… 그렇다고 영영 못 보는 건 아니니까요."

낙소월이 수줍게 웃으며 주서천의 소매를 잡았다.

"수 리의 거리가 저와 사형을 떼어 놓을 수는 있어요…… 하지만 좋아하는 누군가와 정말 함께 있고 싶다면, 이미 거기 가 있지 않을까요?"

누군가 말했다. 사람의 감정은 누군가를 만날 때와 헤어질 때 가장 순수하게 빛난다고.

"아……."

하마터면 눈시울을 붉힐 뻔했다. 이런 말을 들은 건 난생처음이었다.

좋아하는 누군가. 과거의 자신과는 동떨어진 이야기. 좋아하는 사람은커녕 친한 사람 하나 없었다.

주서천은 이 분위기가 어색한지 동공을 이리저리 굴려 대다가, 이내 낙소월의 손등을 감싸 잡았다.

"그래. 다음에 보자."

낙소월이 눈을 토끼처럼 크게 떴다가, 초승달처럼 휜 눈매로 환하게 웃었다.

'나도 집에 가도 되냐고 언제 물어봐야 하지?'

제갈승계가 구석에 앉아 눈치를 봤다.

만남이 있다면, 이별이 있다. 주서천은 일행과 나중을 기약하고 헤어졌다.

참고로 헤어지기 전 낙소월에게 소환단을 한 알 쥐여 주었다. 신승에게 허가를 받은 소환단이었다.

얼마 전에 강소에서 봤을 때, 그녀가 내공이 부족하다고 생각해 전해 줬다. 운이 있다면 경지의 벽을 깨는 데 도움이 될 것이고, 설사 없다 할지라도 내공이 비약적으로 상승할 터이니 좋았다.

"나중에 뵙겠습니다, 형님!"

제갈승계도 만면에 웃음을 머금고 인사했다. 데려가지 못한 게 조금 아쉽지만, 사도천의 세력권 내부이고, 비밀리에 움직여야 할 상황도 있어 보내는 게 낫다.

호위로는 낙소월이 있으니 문제없었다.

금의상단까지 데려다주면 수선행이 끝날쯤이 되니, 이후 화산으로 돌아가면 시간도 딱 알맞다.

"소령, 너와 나뿐이구나."

"예."

"가끔 심심하니 말 상대 좀 되어 줄래?"

"예."

"망했군. 차라리 혼잣말을 하는 게 좋겠어."

유령곡 지부의 안내를 위해서이기도 하지만, 손발이 되어 줄 사람도 필요했다. 능력은 두말할 것도 없고, 정이 쌓여 있으니 제격이었다.

"일단은 절강으로 간다."

비밀 분타가 박살 나 분노한 천기가 강소를 이 잡듯이 뒤집는 게 눈에 훤했다.

강소곡에 들러 유령들을 포섭할까 했지만, 절강과는 반대 방향인 데다가 거리가 제법 있었다. 얼굴을 가리고 조심하면 들키지 않을 수 있지만, 굳이 피곤하게 그러고 싶지는 않았다. 어차피 나중에 들르면 그만이니 강소곡이 아닌 절강곡에 들렀다.

"유령곡주를 뵙습니다."

'생각보다 적네.'

천목산(天目山)의 절강곡.

유령들이 생각 이상으로 적었다. 겨우 열셋밖에 되지 않았다. 심지어 수련령도 적었다. 교두가 적으니 당연했다. 인원을 늘리면 관리가 힘들어진다고 한다.

혹시 하는 마음으로 도주령이라도 있냐고 물어봤는데, 그건 아니었다. 유령들은 지역마다 그 인원이 다르니 이상하게 여길 건 아니다. 그냥 그러려니 했다.

'좋아. 당분간 여기에서 지낼까.'

아직 시간이 남기도 했지만, 사도천의 잠입을 위해 몇 가지 준비할 게 있었다.

'위장 신분.'

지금쯤, 천기가 바쁘게 움직이고 있을 것이다. 강소 비밀분타의 타격으로 노출된 정보를 걱정하고 있을 터. 분명 계획을 재검토하고 있을 터이니, 지금 이 모습으로 사도천 세력권을 어슬렁거리면 성가셔진다.

그래서 변장을 하고 위장 신분으로 활동하기로 했다. 다행히 딱 알맞은 게 하나 있었다.

'궁귀검수, 주서천.'

활을 귀신처럼 다루는 검수이자 사파의 고수. 과거 묘가검문과 폭섬도문의 내전에서 활약한 경력이었다.

기사분반을 얻어 내기 위해 싸웠고, 폭섬도문주 구종과 생사결 끝에 승리해 천하백대고수에 올랐다.

당시 머리가 돌았던 건지 주서천이란 이름을 당당히 외치고 다녔지만, 다행히 잘 넘어갈 수 있었다.

"후우, 좋아. 이걸 좀 써먹어 볼까."

변장하고, 만중검을 사용한다면 그럭저럭 속일 수 있다. 이 신분을 이용해 잠입해 해결하면 된다.

나중에 가서 들켜도 상관없다. 어차피 암천회와는 이미 척을 졌으니까. 그때와는 상황이 다르다.

주서천은 절강곡에 남아 한동안 수련에 힘썼다. 당연히 만중검이었다.

아쉽게도 유령보를 수련하지는 못했다. 무게를 실어야 하는 만중검과, 무게를 싣지 말아야 하는 유령보는 서로 상극이었다.

중도만공 덕에 동시에 수련할 수는 있었지만, 함께 쓰면 위력이 절반 넘게 줄어든다.

이 주일 후.

집중해서 수련한 덕분에 만중검이 사성에 올랐다. 검에 대한 깨달음이 높으니 가능한 속도였다.

무엇보다 절강곡의 유령들을 한꺼번에 상대하니 성장 속도가 높을 수밖에 없었다.

*　　　*　　　*

절강곡에서의 수련이 끝났다. 그리고 곧장 여행길에 나섰다. 동행으로 유령 몇을 데려갈까 고민했지만, 숫자가 워낙 적어 그냥 내버려 두었다.

며칠간 꾸준히 남하해 복건(福建)이 나왔다. 여기서부터 치안이 급속도로 안 좋아졌다.

복건은 산이 많고, 땅은 척박해 농지에 적합하지 않았다. 그래서 식량이 부족해 이주가 빈번했고, 사람들을 내보내도 사정이 좋아지지 않아 잦은 식량난으로 사람을 잡아먹는 일도 있었다.

이렇다 보니 온갖 문제가 발생하면서 범죄자들이 마음 놓고 활동할 수 있는 곳이 됐다. 가끔 외부에서 사람이 들어오면 대부분이 무슨 일을 저질러 도주해 온 범죄자였다.

"켈켈켈, 죽고 싶지 않으면 가진 거 다 내놔라!"

"죽고 싶지 않다면 되돌아가라. 용서해 주마."

"무슨 헛…… 꾸엑!"

그러다 보니 성가신 일이 여럿 있었다. 도적이나 파락호들이 벌레들처럼 꼬였다.

참고로 복건에 들어선 이후로부터 괜한 시선을 끌고 싶지 않아 복면을 쓰고 다녔다. 웬만하면 도적들도 마주치고 싶지 않아 마을과 길을 피했는데, 그런데도 만나니 신기할

따름이었다.

　며칠 정도를 꾸준히 달려 성도인 복주(福州)에 도착할 수 있었다. 관광할 곳은 없으나, 중심인 만큼 사람이 많았다. 게다가 코앞이 항구라서 그런지 바닷바람이 느껴졌다.

　'좋아, 그러면 하오문을 찾아볼까.'

　완벽한 변장을 하려면 하오문의 힘이 필요했다. 그래서 하오문이 있다는 복주를 찾아왔다.

　이 주일 전 절강곡에서 수련하고 있을 당시 유령들에게 정보 수집을 요청했다. 마침 그 기술자가 복건의 하오문에 있다는 걸 들었고, 하남의 정주로 연락해 강능초에게 도움을 청했다.

　"알겠다. 연락을 넣어 두지."

　음지의 정보 집단답게 답장도 신속했다.

　'유령들이 변장술에 취약하다는 것이 아쉽군.'

　하기야 생각해 보면 유령공이 있는데 군이 변장술을 택할 연유는 없다. 잠입이 필요하면 존재감을 극도로 낮추거나, 상황에 알맞은 유령을 투입하면 그만이다.

　어쨌거나, 하오문 복주 지부를 찾는 건 어렵지 않았다. 밤거리에서 접근해 오는 잡배를 붙잡아 팔을 부러뜨려 주니 알아서 술술 불었다.

　다만 위에까지 찾는 데는 시간이 조금 걸렸다. 꼬리를 남기지 않는 하오문의 습성 탓이었다.

"혹시, 정주에서 오신 분입니까?"

그렇게 이 잡듯이 쑤시고 다니자 하오문도 측에서 접근해 왔다.

"이건 준비됐나?"

손바닥으로 얼굴을 슥 훑으며 물었다.

그러자 하오문도가 그 손짓의 의미를 깨닫고 머리를 위아래로 흔들었다.

"기다리고 있었습니다. 이리로 오시지요."

도시의 외곽으로 안내받았다. 인적이 드문 데다가 곳곳에서 시선이 느껴졌는데, 전원이 하오문도였다.

얼마 지나지 않아 푸줏간에 도착했고, 숨겨진 지하실로 데려다주었다.

지하실이지만 전혀 어둡지 않았다. 햇빛 대신 여러 불빛이 촘촘하게 위치해 대낮처럼 밝히고 있었다.

내부에 동물의 가죽이 천장에 주렁주렁 매달려 있는 게 인상적이었다. 그것들을 지나니 식기라거나 작업대로 보이는 책상 등 사람의 흔적이 보였다.

"위에서 기다리겠습니다."

하오문도가 지하실 위로 올라가 문을 닫았다.

"어서 오시오."

가래 끓는 목소리가 들렸다. 시선을 돌리니 안쪽으로부터 얼굴이 화상으로 가득한 노인이 나타났다.

"어떤 얼굴을 원하시오?"

일반적으로 변장이란 게 떳떳해서 하는 건 아니다.

사정을 물어봤자 알려 줄 리도 없고, 괜한 호기심을 가졌다간 목숨 한둘로는 부족하다. 이런 일을 하다 보면 아무것도 묻지 않는 게 현명한 법. 노인은 어떠한 의문도 없이 담담하게 일하듯 말했다.

"아이부터 노인까지 전부 가능하지만, 아이는 신장이나 체격, 목젖 탓에 알맞지 않소. 노인이라면 한동안 허리를 굽히고 다니는 연습을 하는 게 좋을 거요. 또한 근육을 움츠려야 해서 꽉 끼는 옷을 입어야 할 거고."

과연 전문가는 전문가였다. 얼굴만 대충 바꾸려고 왔는데 생각 이상으로 세세했다.

"이립(而立: 30세) 인근."

"흠. 복면부터 벗어 주시겠소?"

"아, 깜빡했군."

복면에 꽤나 익숙해져서 까맣게 잊고 있었다.

"젊군. 피부 좀 만져 봐도 되겠소?"

"마음대로 하시오."

노인이 다가와 뺨을 찔러 보거나, 주물러 봤다.

"어떤 느낌을 원하시오?"

"잘생기지도 않고, 못생기지도 않게. 우습게 보이지 않도록 적당히."

"이틀."

"시간은?"

"인시(寅時) 초."

불필요한 말 없이 빠르게 진행되니 좋았다. 이틀 뒤에 찾아오기로 약속하고 위로 올라갔다.

푸줏간에서 대기하던 하오문도를 불러, 근처에서 눈에 띄지 않으면서 편히 쉴 수 있는 곳을 물었다.

"적당한 곳이 있습니다만, 돈이 좀 듭니다."

"상관없다."

정주만큼은 아니나, 복잡하게 얽힌 골목길을 지나 중심가 구석에 위치한 객잔을 소개받았다.

방에 도착하자마자 침상에 누웠다. 창이 열리면서 소령이 조용히 들어와 앉았다.

'암천회와 사도천…….'

침상에 누우니 자연스레 이번 목적이 떠올랐다. 가만히 있는 게 싫어 생각을 정리하기로 했다.

'준비해 둔 것이 실패했으니, 다른 걸 당겨 왔나.'

강소에서 얻어 낸 것에 대해서 아예 모르는 건 아니었다.

그 일부는 전생에서 일어난 사건 중 하나였다.

원래의 역사대로라면 칠검전쟁으로 인해 정사대전이 벌어지고, 십수 년 동안 이어진다. 그리고 약화되자마자 암천회가 모습을 드러내면서 무림에 전면 전쟁을 선포했다.

위기감을 느낀 무림맹과 사도천은 뒤늦게 손을 잡고 암천회에 대항했으나 그것조차 쉽지 않았다. 암천회가 미리 심어 둔 첩자로 정보를 빼 오고, 배신자들을 이용해 뒤통수를 친 탓이었다.

그리고 그중에 몇몇 굵직한 사건들이 있는데, 앞으로 있을 '담리백의 패륜' 이다.

'패륜아, 담리백.'

사도천주에게는 여러 자식이 있다. 그중에서도 이름이 가장 알려진 건 바로 이 담리백이었다.

아비의 피를 진하게 물려받아 그런지, 어릴 적부터 무에 대한 재능이 남달랐다. 이를 본 주변인들이 거머리처럼 붙어 눈치를 보고, 아부를 떨었다. 주변에서 받들어지며 성장해서 그런지 성격도 건방져졌다.

성인이 될 무렵에는 온갖 패악을 일삼으며, 마도인 뺨 후려칠 정도로 악행을 저지르기도 했다.

사도천주는 이때까지만 해도 전혀 상관하지 않았다. 정파인도 아니고, 사파인이 아닌가. 무공만 성실하게 수련한다면 뭘 하건 간에 용인해 주는 눈치였다.

유일하게 두려워하는 아비도 아무런 소리를 하지 않자 담리백의 패악은 날이 갈수록 심해졌다.

그래도 이렇게 마음대로 하는 것도 약하면 할 수 없다는 걸 깨달아 무공만큼은 성실하게 임했다.

그렇게 하루하루를 제멋대로 보내는 나날.

담리백이 서른이 될 무렵, 사도천주가 쓴소리를 시작했다.

"에잉, 쯧쯧. 나이만 처먹었지 아직도 애새끼구나."

워낙 제멋대로 성장하고, 오만방자해 천하를 전부 자기 것으로 생각했다. 타협하는 방법을 모르고 스스로를 과신해 누군가 지적하면 전부 죽여 버렸다.

무인으로서는 몰라도 지도자로서는 부적합했다. 사도천주는 이 점을 지적하고는 우둔하다며 혀를 찼다.

툭 하면 수하들 앞에서 망신을 당하는 일이 늘었고, 불만이 점차 쌓여가 결국 폭발하기에 이르렀다.

'왜 이렇게 당하고 살아야 하는 거지?'

어릴 적부터 칭송을 받으며 살아왔다. 마흔을 앞에 두고 화경에 올라 천하백대고수가 됐다.

담리백은 그렇지 않아도 남들보다 욕망이 컸다. 치욕으로 인한 불만이 욕망을 기하급수적으로 키웠다.

'저 영감탱이는 도대체 얼마나 할 생각인가.'

사도천주는 세월이 지나도 늙을 생각을 하지 않았다. 반로환동 정도는 아니지만, 상천십좌에 오르면서 환골탈태를 통해 젊어진 덕분에 수명이 늘었다. 앞으로 이삼십 년은 더 살지 모르는데, 그 시간은 담리백에 있어 지루하고, 긴 시간이었다.

'저 자리는 내 것이다.'

소년이나 청년이었을 땐 감히 덤빌 생각도 하지 못했다. 그러나 시간이 지나면서 생각이 바뀌었다.

무엇보다 이렇게 되면 육십이나 칠십이 다 돼서야 권좌를 물려받을지도 모른다는 게 불만이었다.

그러나 이것만큼은 마음대로 할 수 없었다. 사도천주는 천재인 그가 봐도 괴물이었다. 화경을 넘어선 절대고수는 인간으로 보이지를 않았고, 무엇보다 사도팔문의 반절 이상이 따르는 걸 무시할 수도 없었다.

그렇게 불만으로 쌓여가는 나날, 칠검전쟁 초기 무렵에 누군가가 접근해 왔다. 암천회였다.

"당신을 사도천주로 만들어 주겠소."

처음에는 웬 정신병자인가 싶었다. 그러나 그들이 보여 준 저력으로 인해 믿게 됐다.

'흐흐흐, 좋아. 이들을 이용하자.'

암천회가 대충 어떠한 목적을 지녔는지는 눈치챘으나 전혀 개의치 않았다. 적당히 이용하다가 버리면 그만이다. 무림에서 이런 놈들이야 숱하게 많았으니까.

몇 년 뒤. 사도천의 세력 구도가 변했다. 사도팔문의 반절이 담리백에게 붙게 된 것이었다.

이때부터 부자(父子)의 신경전이 발생했고, 이는 사파에 지대한 영향을 끼치게 된다.

힘을 합하기는커녕 둘로 갈라져 신경전을 하고 있으니 제대로 돌아갈 리 없었다. 온갖 문제를 발생시키면서 머리를 아프게 했다.

암천회의 등장 이후로도 마찬가지다. 내부의 세력 구도로 무림맹과의 협력도 삐걱거리게 만들었다.

결국 담리백은 아비의 등을 찔러 패륜을 저질렀다. 이 사건이 담리백의 패륜. 온갖 혼란을 일으키게 된다.

'그 패륜아 탓에 개고생한 것만 생각하면…… 으으!'

한 사람의 배신이 총체적 위기를 만들었다.

사도팔문은 통제 불능이 되어 버렸다. 암천회의 첩자가 상층부에도 숨어 있을지 모른다는 생각에 서로를 불신했다.

결국 정사의 합동 작전까지 실패로 돌아가면서 하마터면 멸망할 뻔했다. 정말 많은 사람이 죽었다.

'기필코 막아야 한다.'

역사가 생각보다 빠르게 흘러간다. 천기가 계속된 실패를 메우려고 준비가 부족한 계획을 벌써부터 꺼내고 있다.

정보에 의하면 담리백에게 접근해서 꾀어내는 중이었고, 동시에 사도팔문까지 포섭하려 하고 있었다.

'하오문이 사도천과 적잖은 접점이 있으니, 잠입하는 데 도움이 될 터. 오래 걸리진 않을 거다.'

정파에 개방이 있다면 사파에는 하오문이 있다.

하오문은 정확히 사도가 아닌 흑도이지만 이해관계가 약간은 일치하다 보니 서로를 자주 이용했다.

'과연 해낼 수 있을까?'

정파가 아닌 사파의 소굴에 들어가야 한다. 어쩌면 사도천주를 대면할 수도 있을지 모르는 일. 그 외에도 천기가 신경 쓰고 있으니 온갖 방해를 전부 뚫고서 담리백을 저지해야만 했다.

최악의 경우 암살이라는 수단을 택해야 할지도 모른다. 담리백이 이제 막 반기를 들기 시작할 무렵이니 이 방법을 택하면 사도천에게 평생 쫓겨 다니게 될 것이다. 그러나 그걸 감수해서라도 저지해야 할 일이었다.

第九章
소천마도(小川魔道)

　이틀 뒤, 푸줏간 지하실로 향했다.

　"완성됐으니 이리 오시오."

　노인이 얼굴을 몇 번 주무르더니, 무언가를 씌웠다. 확인해 보니 인피면구였다.

　역용술만 제외하면 변장에는 최적인 도구다. 특히나 장인의 손길을 거쳐 몰라볼 정도로 자연스러웠다.

　거울에 비춰 보니 전혀 다른 얼굴이 보였다. 사십 대 초에 매서운 인상이다.

　"서른 인근이 아닌데?"

　"동의하지 않고 멋대로 바꿔서 미안하오. 그러나 다른

사람이 우습게 여기지 않으려면 이편이 더 나을 거라 판단해 바꿨소."

"뭐, 그렇다면야."

딱히 서른 인근에 고집할 이유는 없다.

"그리고 베이지만 않으면 들킬 일은 없을 거요. 오랫동안 사용하고 싶다면 재방문해 점검을 받으시오."

"고맙소."

주서천이 만족스럽게 웃었다. 입을 벌리거나, 눈을 크게 뜨는 등의 표정 변화도 문제없었다.

노인에게 수고비로 은자를 두둑하게 챙겨 준 뒤, 지하실을 나왔다.

입구 앞에 서 있던 하오문도와 눈이 마주쳐 목례했다. 그러곤 그의 뒤를 따라 다른 곳으로 안내를 받았다.

"어서 오십시오. 문주께서 보내신 서찰이 있습니다, 장로."

하오문의 복주 지부장이 비굴하게 웃으며 인사했다.

'장로?'

머리를 기울이게 만들 말이지만, 내색하진 않았다. 복주 지부장에게 서찰을 건네받아 내용을 확인했다.

'호!'

변장의 대가를 수소문할 때의 일이다. 사도천에 잠입하

게 할 수 있도록 강능초에게 협력을 요청했었다.

노인을 찾아 준 것만으로 끝난 줄 알았는데 그게 아니었다.

'하오문의 장로로서 사도천에 방문하라고?'

하오문과 사도천은 그럭저럭 밀접한 관계다. 가끔씩 장로가 찾아가 귀중한 정보를 팔아넘기기도 했다.

사도천주도 하오문의 정보력을 잃고 싶지 않아서 그런지 되도록 건들지 말라고 명령을 내려 두었다. 직접적이진 않으나 간접적으로 비호하고 있었다.

'하오문의 장로, 궁귀검수인가.'

*　　　*　　　*

사도천의 영역은 절강에서부터 시작해 복건, 강서, 광동, 호남, 광서다. 그중 호남과 광동, 광서가 그 중심지다. 사도천 본부도 이곳에 있었다.

신분이 준비됐으니, 사도천 본부로 가면 인근의 하오문이 알아서 돕는다고 들었다.

복주에서 남서 방향으로 말을 타고 꾸준히 이동했다. 도중에 복건곡에 들러 유령들을 포섭했다.

이동 중 가끔씩 얼굴을 보고 놀랐지만, 이제 그것도 익숙해졌다. 착용감도 면구를 착용한 것을 잊을 정도로 편안했다. 과연 변장의 대가다운 실력이었다.

"너 이 새끼, 방금 쳐다봤냐?"

"왜 갑자기 시비야? 그래! 쳐다봤다, 어쩔래!"

"죽여 주마!"

말을 타고 삼사일을 이동해 광동곡에 도착해 역시 평소하던 대로 유령들에게 얼굴만 보여 주고 떠났다.

또 며칠을 달려 본부 인근의 마을에 도착했다. 사파의 중심지답게 떠들썩했다.

마을에서 툭하면 싸움이 일어났다. 거리에 시체가 굴러다녀도 누구 하나 신경 쓰지 않았다.

정파에 비해 사파에는 무림인의 숫자가 많을뿐더러, 하나같이 성질이 거칠어 항상 온갖 사고가 났다.

이런 곳에서 조금이라도 만만해 보이면 얕보여 시비가걸린다. 인피면구 덕에 그건 피할 수 있었다.

그래도 완전히 배제할 수는 없는지, 가끔 누가 싸움을 걸어왔으나 압도적인 무위로 패서 내쫓았다.

"어서 오십시오!"

약속된 장소에 찾아가니 하오문도 몇 명이 반겼다.

"내가 누군지 아나?"

"문주께서 말씀해 주셨습니다, 장로."

"장로를 뵈어 영광입니다."

흑도인들이라 그런지 전부 아부를 하기 바빴다. 강자 앞에서 약자는 숙이고 굴복하는 법. 기분 나쁠 정도로 아부를 해 금의상단의 이의채가 절로 떠올랐다.

"이번에 전달할 것은 일반 문도에게 맡길 수 없어 직접 왔다."

"헤헤헤, 그렇군요. 분부만 내려 주십시오."

심기를 거스르고 싶지 않은지 계속 눈치를 봤다.

"현재 사도천의 상황에 대해서 대충이나마 설명해 봐라. 온 김에 너희들 능력을 시험해 봐야겠다."

대략적인 정보를 들었지만, 세세하게는 못 들었다.

무엇보다 현장에서 일하는 사람에게 듣는 것과는 조금 다른 법이니, 혹시 몰라 물었다.

"여부가 있겠습니까!"

하오문도는 이 기회를 놓칠 수 없다는 듯, 눈을 반짝이면서 성심성의껏 알려 줬다. 주로 호남과 광동을 아우르는 정보였고, 그 외에 사도천 본부와 관련된 정보도 있었다.

"장로께서도 알다시피, 칠검전쟁 이후 내부가 시끄럽습니다. 특히나 정파의 영웅으로 떠오르는 매화정검의 등장 이후로 사도천주가 예민해져 있지요."

순식간에 종료되어 버린 칠검전쟁에서 득을 본 건 정파

뿐이었다. 사파와 마교는 실밖에 없었다.

사도천주는 이러한 결과에 분노했다. 나름대로 전력을 다했는데 약간의 이득조차 얻지 못했다.

안 그래도 그 전에는 폭섬도문의 멸문으로 빈자리를 채우려 엉망인 상황이었다.

그 일이 벌어진 지 얼마 되지도 않았는데 전쟁의 결과까지 좋지 않으니 화나는 건 당연지사였다.

그렇다 보니 분위기가 영 좋지 않았다. 기분이 안 좋은 날에는 피바람이 불며 시체가 늘어났다.

"그 일을 시작으로, 내부의 분위기가 많이 안 좋아졌습니다. 특히 난봉꾼 담리백이 심상치 않습니다요."

담리백이 나오자 주서천의 눈빛이 변했다.

"정파에서 후기지수들을 다수 배출해서 그런지, 사도천주가 사파의 젊은 무인들을 좋지 않게 보고 있습니다. 아들인 담리백도 마찬가지지요. 얼마 전에는 수하들 앞에서 처음으로 망신을 줬답니다."

'허, 설마 이렇게 역사가 흘러갈 줄이야.'

알고 있는 미래가 완전히 틀어진 건 아니었다. 계기는 달라도 역사 자체는 유사했다.

수하들 앞에서 망신을 당한 치욕을 시작으로 아비에게 반기를 들게 되니까.

"게다가 얼마 전에 녹룡채의 토벌이 있지 않았습니까. 그 일로 정파의 위상이 높아진 탓인지 사도천주의 심기가 굉장히 안 좋아졌습니다. 결국 주변과의 불화로 이어져 내부가 엉망진창이랍니다."

'정말이지 쉬운 일 하나 없군.'

하나를 해결하면 하나가 발생한다. 왠지 가시밭길만 걷는 것 같아 한숨이 절로 나왔다.

'무엇보다 내 행동으로 인해 이런 일이 생기다니!'

세상사 마음대로 되지 않는 법. 무림을 구하려고 노력한 건 좋은데, 다른 곳에서 문제가 생겼다.

"이건 아직까지 소문입니다만, 사도천주에게 불만이 있는 주요 인사들이 담리백에게 붙고 있답니다. 내부가 정말 여러모로 개판이니, 장로께서도 조심하시기 바랍니다. 물론 저보다 더 잘 알고 계시겠지만요. 헤헤헤. 아랫것이 뭘 더 자세히 알겠습니까."

이것만이 아니라 그 외의 잡다한 정보도 얻었다.

생각보다 수확이 많아서 물어보기를 잘했다는 생각이 들었다. 전부 유용한 정보라 상당히 괜찮았다.

"훌륭하군. 내 문주에게 잘 말해 두지."

"아이고, 감사합니다! 장로!"

슬슬 떠나야 할 때가 됐다. 등허리에 장궁을 챙기고, 화

살까지 꼼꼼히 확인했다. 누가 알아볼 것 같아 애검인 태아
도 소령에게 맡기고 그럭저럭 쓸 만한 철검을 구해 허리에
찼다.

"너희는 여기에서 대기하고 있어라."

복건곡에서 유령 넷을 데려왔다. 소령까지 포함해 다섯
명이었지만, 데려갈 수는 없었다. 사도천의 본부에는 고수
들 천지니 아무리 존재감을 숨긴들, 금방 들킬 것이 뻔했기
때문이었다.

호남의 남부, 광동의 북부. 이 경계선에 사도천의 본부가
위치해 있다. 사파의 중심이니만큼 크고 넓다.

"하오문에서 장로가 왔습니다."

"장로? 별일이군."

상천십좌. 사파의 지도자, 사도천주가 미간을 좁혔다.

하오문의 수뇌는 모습을 안 보이는 걸로 유명하다.

몇 번이나 불쾌한 심경을 보여도 그들은 결코 모습을 드
러내지 않았다. 하지만 크게 신경 쓸 건 아니었다. 어차피
흑도의 무리니 딱히 이렇다 할 위협이 되는 것도 아니었고,
겁이 많은 게 특성이지 않나.

"얼마 전에 하오문의 권좌가 바뀌지 않았습니까."

"아아, 그랬지. 인독종이라 했나."

흑도에선 누구나 알 만큼 유명할지 몰라도, 무림 전체를 보면 아니다. 잡배의 두목에 불과했다.

"예. 전대에게서 권좌를 빼앗았다고 들었습니다. 그렇다 보니 방식이 여러모로 다른 듯싶습니다."

"이제야 제 주제를 아는군. 전대는 겁도 많고 건방졌지. 마음에 들어. 적당히 지낼 곳은 내주도록."

정보 자체는 그리 중요한 건 아니었다. 얼마 전에 의뢰했던 정파와의 분쟁 지역에 대한 정보였다.

새로운 하오문주가 인사 겸 신뢰를 얻으려고 주요 인사를 보낸 것이라고 생각하고 넘겼다.

그리고 이 소식은 아비를 적대하기 시작한 아들에게도 전해졌다.

"하오문의 장로라……."

담리백이 흐응, 하고 턱을 매만졌다.

"이건 기회요."

얼굴이 보이지 않는 그림자가 슥 나타나 말했다.

"기회라면?"

"그대의 아비는 전부는 아니나 상당 부분의 정보를 하오문을 통해 얻고 있소. 그들을 회유하거나 혹은 협박한다면 눈은 몰라도 귀 정도는 가릴 수 있을 거요."

"아무리 그래도 그렇지, 흑도의 방파 따위가 그 정도 역할을 하겠나?"

담리백이 어이없다는 듯이 코웃음을 쳤다. 흑도에 대한 인식이 어느 정도인지 알 수 있는 부분이었다.

있으면 좋지만, 없어도 그만이다. 그 정도의 인식밖에 되지 않았다.

"하오문을 업신여기지 마시오. 확실히 그들 개개인은 별 것 아니오. 그러나 정보력만큼은 다르지. 사내란 응당 술과 여자 앞에선 약해지는 법이니까. 거지들보다 정보의 양은 부족해도, 질은 상당히 좋소."

"흠……."

담리백은 그다지 귀담는 눈치는 아니었지만, 고개를 끄덕여 그리하겠다고 답했다.

"어차피 사도천주가 되면 자주 이용할 곳. 미리 만나서 충성을 받아 두는 것도 나쁘진 않지."

담리백이 어깨를 으쓱이곤 자리에서 일어났다. 그의 안 광이 핏빛으로 불타올랐다.

"그것보다 슬슬 시간이 되었으니 다녀와야겠군. 오늘은 어떤 걸로 입가심할까?"

음산한 웃음소리가 어둠 속에서 울려 퍼졌다.

칼날 바람이 불었다. 입김이 눈에 확연히 보일 정도의 추위였다.

머리를 위로 드니 한낮인데도 어두웠다. 잿빛으로 물든 구름이 몰려와 중원 전체를 가렸다.

얼마 지나지 않아 새하얀 눈송이가 보였다. 열아홉 살에 보는 첫눈이었다.

사도천에 잠입한 지도 며칠이 지났다. 대접 자체는 나쁘진 않았지만, 비웃는 눈초리는 잔뜩 받았다. 장로라 해도 하오문이니 당연한 취급이었다.

"우리의 주인이 그대를 만나길 원하오."

"주인……?"

처음에는 사도천주인가 싶었다. 그러나 전혀 예상외의 인물이 만남을 요청했다.

'담리백?'

안 그래도 만나서 의중을 확인하려고 했는데, 어찌 된 영문인지 그가 먼저 만남을 요청했다.

머리를 굴려 보니 답이 금방 나왔다.

'과연, 사도천주에게서 하오문을 떨어뜨릴 셈인가.'

나쁘지 않은 생각이다. 다만 그 광오한 난봉꾼이 이런 생각을 했다는 게 의문이었다.

'하오문이라면 흑도라고 신경도 쓰지 않을 터인데, 개인 면담까지 하다니…… 적어도 그놈 생각은 아니야.'

분명 누군가 담리백의 곁에 붙어 있을 것이다.

'좋아, 일단 가 보자.'

상대가 사도팔문일지 암천회일지는 아직 모르지만 정체를 제대로 숨겨야 하고, 대화를 이끌어 의중을 파악해야 한다.

마음의 준비를 충분히 한 뒤, 머릿속으로 여러 생각을 하면서 역사의 인물인 담리백을 만나러 갔다.

"어서 와라."

방문을 열고 들어가니 화려한 의자에 앉은 담리백이 보였다. 다만 예상대로 혼자가 아니었다.

면사를 쓰고 있어 얼굴은 확인하지 못했지만, 옷차림을 보면 남자란 걸 알 수 있었다.

'그리고…… 담리백. 얼굴은 멀쩡하군.'

현생도 마찬가지지만, 전생에서도 온갖 악명을 달고 살아서 마두처럼 생긴 줄 알았는데 전혀 아니었다.

이목구비는 선명하고 곧게 뻗은 짙은 눈썹은 인상에서 강인함을 느끼게 한다.

천하백대고수. 소천주(小川主) 담리백!

"만나서 반갑다. 본좌가 담리백이다."

'본좌? 지랄을 하네.'

피식하고 웃으려던 걸 참았다.

담리백은 마치 무림이 손안에 있는 것처럼 행동했다. 눈빛이나 말투 하나하나에서 오만함이 묻어났다.

등허리는 등받이에 딱 붙이고, 턱은 살짝 들어 눈을 아래로 내리깔았다. 의자도 계단 위에 있었다.

보아하니 담리백의 집무실인 모양이었는데, 이렇게 꾸민 걸 보니 평소 어떤 생각을 하는지 알 수 있었다.

헛웃음이 나올 뻔한 걸 가까스로 참고 머리를 숙여 인사했다. 짜증이 나지만 지금은 참아야 할 때다.

"소천주께 감히 이름을 댈 정도의 수준은 아닙니다. 하오문의 장로로 기억해 주십시오."

"소천주? 됐다. 담 어르신이라 불러라."

과거에는 별호를 자랑스러워했었으나, 이제는 아니다. 그의 욕망을 전혀 충족시켜 주지 않았다.

'가지가지 하네.'

이제 막 마흔 살밖에 되지 않은 주제에 어르신이라니, 지랄도 정도껏이라는 생각이 절로 들었다.

하지만 어쩌랴. 지금은 인내해야 할 때였다. 비위를 적당히 맞춰 주면서 대화에 임해야 했다.

'음?'

호칭을 정정하려고 머리를 들었을 때다. 무언가 변화가 일어났다는 걸 눈치챘다.

'눈이…….'

감았다가 뜨는 눈꺼풀의 안, 흰자위에서 핏줄이 도드라지더니만 동공이 옅은 적색을 띠기 시작했다.

"네놈을 부른 건 앞으로 볼 사이이니 얼굴을 익혀 두려고 한 것도 있지만, 하나 제안이 있어서다. 듣자 하니 아버지에게 보고를 하기 위해 온 거라지?"

"예, 그렇습니다."

"좋다. 그러면 다음부터는 이제 나에게 먼저 보고하도록 하여라."

"예?"

주서천이 짐짓 모른 척을 했다. 담리백의 속내가 어떤지는 알고 있었지만 일부러 연기를 했다.

"설마하니 본좌의 제안을 거절하는 건 아니겠지!"

담리백의 목소리가 한층 더 커졌다. 아니, 커진 것뿐만이 아니었다. 살의가 흘러나오기 시작했다.

얼굴은 붉으락푸르락해지고, 손등 위로 힘줄이 지렁이처럼 꿈틀거렸다. 눈가의 주름도 일그러지면서 툭 튀어나온 시퍼런 핏줄과 섞여 기이해졌다.

'아!'

부글부글.

하단전이 순간 반응할 뻔했다. 정도의 심법이 이렇게까

지 격렬하게 반응하는 경우는 하나뿐이다.

'마공(魔功)!'

정과 마는 상극. 도가(道家) 무학이라면 반응하는 것이 당연하다.

소림이나 무당만큼은 아니나 화산의 무공도 정공 중의 정공으로 이름 높지 않나. 반응을 안 하면 이상하다.

"빨리 대답하지 못할까!"

분노로 격앙된 외침이 집무실 내를 가득 채웠다.

용암처럼 들끓는 살기에 버티지 못한 듯, 탁자 위에 올려둔 꽃병이 아래로 떨어져 산산조각 났다.

정신병을 의심할 정도로의 갑작스러운 반응, 붉은빛으로 물드는 안광을 보니 마공이 틀림없었다.

그것도 내공 심법이 곧장 반응을 보이는 것을 보면 마공 중에서도 지독한 걸 연공한 게 분명하다.

굳이 다가가지 않아도 목 바깥으로 치밀어 오르는 구토감, 그리고 벌레가 온몸을 기어 다니는 느낌.

'완전히 맛이 갔군.'

자하신공은 화산의 유일무이한 신공이다. 천마신공이 아닌 이상 웬만한 마기에도 꿈적하지 않는다.

그렇다고 아무렇지 않은 척할 수는 없었다. 괜한 의심을 받지 않으려고 일부러 괴로운 척을 했다.

그러자 지금까지 아무 말 하지 않고 가만히 서 있던 그림자가 나서서 담리백을 진정시켰다.

"어르신, 진정하시지요. 이러면 답변조차 듣지 못합니다."

"……흥."

담리백이 주서천을 옭아매던 기를 거두었다. 깨진 꽃병 위의 뒹군 꽃이 죄다 말라비틀어졌다.

그제야 살았다는 듯이 거칠게 숨을 내쉬는 주서천. 연기만으로는 상천십좌의 경지에 올라와 있었다.

"무, 물론입니다. 소인은 그저 어르신께서 저 같은 놈을 거두어 주셔서 놀랐을 뿐입니다. 사도천주가 되실 분을 모시게 되다니…… 흑도인으로서 가슴이 벅차 숨이 턱 막혀서 그랬습니다. 부디 진노를 거두어 주십시오."

"뭐라고? 크하하!"

혀에 기름이라도 칠한 듯, 매끄럽게 이어지는 아부에 담리백이 반색하면서 미친놈처럼 웃어 댔다.

"고놈 참, 말 한번 잘하는구나. 하기야, 하오문과 같은 약자들이 아부를 빼면 이 강호에서 어떻게 살아남았겠느냐. 흐흐흐…… 좋아, 마음에 들었다. 내 용서해 주마."

'담리백. 완전히 끝까지 갔구나.'

어떻게 막아 내거나 고쳐 낼 수준이 아니다. 마공에 완전히 취해 버려서 일반적인 상식이 안 통한다.

'그리고 저 면사, 분명 보통 놈이 아니다.'

당장이라도 피를 보지 않으면 폭발할 기세였다. 그런데 그걸 말만으로 순식간에 잠재웠다.

"마음 같아선 어르신께 충성을 맹세하고 싶으나, 소인이 무공이 약하여 서 있는 것도 힘듭니다. 괜찮으시다면 쉬는 것을 윤허해 주시옵소서."

완전히 임금을 대하는 말투였다. 그러나 현명했다. 담리백의 입이 귀밑까지 찢어졌다.

"껄껄껄! 그래. 본좌가 윤허해 주겠다. 이런 놈이 왜 아직도 하오문의 장로직인지 모르겠군. 좋아, 내 밑에서 열심히 일하면 하오문주로 만들어 주도록 하마."

"감사합니다."

"그래, 이만 물러가 보도록 하여라."

난봉꾼이 아닌 광인이 있었다.

담리백의 대면은 좋지 않았다. 이렇게 통제 불능일지는 몰랐다.

무엇보다 이러한 광인에게 벌써부터 사도팔문이 붙었다는 건, 암천회의 공작이 있는 것이 분명했다.

'암살…… 아니, 그럴 필요는 없어. 그보다 좋은 방법이

있다.'

주서천의 가늘어진 눈매가 날카롭게 빛났다.

'그건 분명 혈안흡혈공(血眼吸血功)이다.'

혈교를 대표하는 마공 몇 가지를 꼽으라면 항상 빠지지 않는 것이 혈안흡혈공이다. 그 정도로 최상승의 마공이다.

수련법은 간단하면서도 잔혹하다. 사람의 피를 빨아들여 내공으로 쌓고, 단계를 올린다.

그리고 마공이 응당 그렇듯, 부작용도 심각했다. 오성이 마성으로 물들면서 두뇌까지 장악한다.

심성은 포악해지고, 감정 조절에 장애가 생긴다. 별것 아닌 일에도 쉽게 화나고, 피를 보지 않으면 기분이 나아지지 않는다. 더욱 무서운 것은 피를 볼 때마다 감정이 격앙되어 마성이 점점 짙어진다는 것이다.

인내심은 바닥 밑까지 떨어지고, 굳이 화가 나지 않아도 지속적으로 피를 공급받아야만 한다.

후에는 동공과 각막, 흰자위까지 핏빛으로 바뀌게 되는 것이 혈안흡혈공이었다.

안광이라면 모를까, 동공이 핏빛으로 물드는 건 중원을 뒤져 봐도 혈안흡혈공 정도밖에 없다.

무엇보다 정확히 기억은 안 나지만 전생에서도 암천회에게 마공을 받았다고 하니 분명했다.

'아무 이유 없이 암살한다면 사도천과의 관계는 틀어진다. 이제 막 아들과 사이가 안 좋아졌다고 해도, 미워서 죽여 버릴 정도는 아니야. 아니, 설사 그렇다고 할지라도 체면이 있으니 가만히 있을 수는 없다.'

다른 곳도 아니고 내부에서 암살이 일어났다.

사도천주 개인만의 문제가 아니다. 그런 일 자체를 허용했다는 것부터 사도천으로서는 자존심에 금이 가는 것이다.

그래서 암살 외의 방법을 택했다.

'마공을 수련한 걸 대외적으로 밝혀야 한다.'

아무리 자유분방한 사도천이라 할지라도, 용납하지 못하는 것이 있다. 마도(魔道)다.

사파인이 비열하고 거칠지라도, 최소한의 선이 있다. 그게 사도와 마도의 차이다.

무엇보다 마공을 수련하면 이성이 마비되고 감정이 맛이 가지 않는가. 불안해서라도 내버려 둘 수는 없었다.

'혈안흡혈공은 어떠한 단계에 있건 간에 지속적인 피의 공급이 필요해. 분명 공급처를 숨겨 뒀을 거야.'

필요할 때마다 매번 사람을 데려오면 눈에 띈다. 그렇다고 동료를 먹을 수는 없는 노릇이었다.

잔뜩 흥분한 성욕이나 마성을 풀 시간도 필요하고, 무인들이 후각에 민감한 만큼 혈향도 지워야만 했다.

그러니 따로 공간을 마련해 두었을 터. 그곳을 이용할 생각이었다.

'혈안흡혈공도 그렇지만, 마공은 일반적으로 극의에 오르지 못하면 조절이 불가능하다.'

흡혈이나 살해 욕구가 시도 때도 없이 일어날 게 분명한 일이다. 공급처가 멀 확률은 낮았다.

그리고 본부이다 보니 고수가 들락날락하는 것까지 생각해 보면 그 범위는 더 좁아진다.

가까운 거리, 눈에 띄지 않는 장소. 이를 바탕으로 탐색하면 몇 군데 추측 가능한 곳이 나온다.

이튿날, 주서천은 구경이라는 명목으로 몇 군데를 미리 점찍어 뒀다. 그러곤 때를 기다렸다.

담리백이 내부에 있는 한, 수상쩍은 곳을 들쑤시는 건 불가능했다. 금방 눈치챌 것이 뻔한 일. 그래서 일부러 몸을 웅크리고, 흑도인으로서 연기하며 시간을 보냈다.

'무림의 영웅이 되는 게 이렇게나 힘들었나.'

역사를 알고 있음에도 불구하고 온갖 고생은 다 하고 있었다. 이런 짓까지 할 줄은 몰랐다.

예전에는 적당히 숨었다가 전장에 나가 검 몇 번 휘두르면 되는 줄 알았는데, 말처럼 쉽지가 않았다.

물론 무력만으로 영웅은 될 수 있다. 그러나 무림을 완벽히 구해 낼 수는 없었다.

역사대로라면 암천회에는 패배한다. 하지만 그 암흑기로 인한 피해는 막대하다. 그걸 최소화해야 한다.

그리고 나흘 뒤, 막 아침이 밝았을 무렵이다. 담리백이 드디어 떠났다.

혹시 몰라서 눈속임은 아닌지 철저하게 확인했다. 그러나 목적지를 듣고 안심하고 움직일 수 있었다.

'사도팔문의 야수문(野獸門)인가. 이빨이 될 자들을 포섭하려고 떠났구나.'

얼마 지나지 않아 사도팔문은 둘로 나뉘게 된다. 아니, 이미 나누어졌을지도 모르는 일이다.

과거이자 미래가 될 기억을 더듬어 보니 담리백 측에 붙어 사도천주를 공격한 게 떠올랐다.

'움직인다.'

날이 저물었다. 달님도 눈구름에 가려져 보이지 않았다. 달빛 한 줌 없는 밤. 세상은 암흑천지였다.

그러나 이 암흑이 마음에 들었다. 남몰래 해야 할 일이 있는 입장에선 제격이었다.

유령으로서 움직이기에는 최적이었다. 어느덧 사성의 성취를 이룬 유령보가 진가를 발휘했다.

횃불이나 등은 소용없었다. 소리부터 시작해 존재감조차 대기에 녹아들어 움직였다.

며칠 전부터 눈여겨봤던 지점을 뒤져 봤다. 세 번째까진 실패했으나, 네 번째에 드디어 찾을 수 있었다.

사용인들이 이용하는 뒷간이었는데, 청소를 잘 하지 않아서 냄새가 지독한 장소였다.

곳곳에 짚 더미가 뒹굴고 있었는데, 그 아래에 지하로 향하는 계단을 찾을 수 있었다. 주변에 사람이 없는 것까지 철저하게 확인한 뒤, 계단을 통해 아래로 내려갔다. 물론 오기 전에 입구를 짚으로 덮어 두는 것도 잊지 않았다.

계단은 그다지 길지 않았다. 얼마 가지 않아 주변을 볼 수 있었다.

빛 한 줌 들어오지 않는 곳이었으나 내공으로 시각을 향상하여 대낮처럼 볼 수 있었다.

"으드득!"

이가 절로 갈렸다. 혈압이 올라 목이 당겼다.

원래 고수 정도 되면 감정의 조절은 자유롭다. 정도의 심법은 더더욱 그렇다.

분노로 인해 혈압이 오르는 것 정도야 얼마든지 조절할 수 있다. 하나 그러지 못할 정도로 화가 났다.

시체, 시체, 시체.

시체의 산이 즐비했다. 어린아이건 노인이건 할 것 없이 피를 뽑혀 목내이처럼 변해 있었다.

눈앞의 참혹한 광경에 화가 안 날 수 없었다. 무인도 아니고, 딱 봐도 힘없는 사람들밖에 없었다.

그중에는 아이를 품에 안고 고통으로 일그러진 어머니의 시체도 있었다.

第十章
패륜반란(悖倫叛亂)

'일단 살아 있는 사람이 있는지부터 확인하자.'

사람의 목숨부터 우선해야 한다. 훼방도 없으니 마음 편히 탐색할 수 있었다.

예상했던 대로 생존자가 여럿 있었는데, 전부 의식이 없었다. 건드려 봐도 반응이 전혀 없었다.

다행이었다. 겁먹은 채로 일어난다면 구조가 성가셨을 것이다. 이 틈을 노려 위로 데려가려고 할 때였다.

"으, 배고파 돌아가시겠군."

"음, 이 아랫것들 조금만 손대 볼까?"

"아서라. 담리백이 보통 미쳐 있는 것도 아닌데, 그런 짓했다간 어떻게 될지 몰라."

출입구의 계단 위에서 말소리가 들려왔다. 그림자 속에
황급히 숨어 출입자를 지켜봤다.

'어쩐지, 아무도 없더니만…….'

아무리 의심받지 않는 장소에 숨겨 뒀다 할지라도, 제물
로 사용되는 사람들을 관리할 사람이 필요하다.

인기척이 하나도 느껴지지 않아 의아했는데, 자리를 잠
시 비운 것이었다.

'어디 보자…… 셋인가.'

인기척을 느낄 것도 없었다. 소리만으로 인원을 파악했
다. 예상한 대로 계단 위에서 세 명이 내려왔다.

전부 경비치고는 무공이 고강했다. 전원이 일류의 무인
이었다.

스스슥.

시선 바깥으로 은밀히 움직인다. 소리 하나 내지 않고 그
들의 뒤로 접근하는 데 성공했다.

파밧!

정체가 발각될 위험이 있어 화산의 검은 쓸 수 없다. 흔
적이 남는다. 만중검은 속도가 느려서 부적합하니 유은비
도를 택했다.

바람도 없는데 소매가 부풀어 오르면서 비수가 튀어나온

다. 두 개의 빛줄기가 경비의 목을 노렸다.

나머지 하나는 직접 접근해서 역수로 쥔 비수로 목을 그었다.

"끅!"

"컥!"

경비들이 외마디 비명을 흘리며 절명했다.

유은비도의 성취가 낮아도, 화경의 고수의 손에서 펼쳐지는 만큼 막강했다.

째앵!

'어?'

둘로 나누어졌던 빛줄기 중 하나가 적의 목에 닿지 못했다. 실수한 게 아니라, 적이 쳐 내서 실패했다.

암습을 했는데 설마하니 이걸 쳐 낼 줄은 몰랐다. 일류의 무인치곤 실력이 상당했다.

"누구……!"

고함이 입 바깥으로 빠져나오기 전에, 손을 번개같이 출수해 목을 붙잡았다.

"커헉!"

"좋아. 이렇게 된 이상 정보나 캐내…… 응?"

협박하려던 찰나였다. 목숨을 끊을 생각도 아니었는데, 손에 잡힌 경비가 시체처럼 축 늘어졌다.

혹시나 해서 맥박을 확인해 봤지만 연기하는 건 아니었다. 어떻게 된 영문인지 의아할 때쯤, 피부가 점차 거무튀튀하게 변하는 걸 확인할 수 있었다.

"독?"

입을 열어 확인해 보니 어금니 쪽에 자그마한 구멍이 뚫려 있었다. 자결용 독약을 숨기기에는 충분하다.

"칠성사병?"

망설임 하나 없이, 주저하지 않고 독약을 깨물었다.

훈련된 자객도 그렇게 목숨을 쉽게 끊지 못한다. 사파인이야 두말할 것도 없었다.

'생각보다 빨리 움직여야겠군.'

정기적인 연락 수단이 있을지 모른다. 그게 도중에 끊긴다면 눈치채고 몰려올 수도 있었다.

사람들을 구하는 손길이 빨라졌다. 안전한 장소로 옮기는 발걸음에 힘을 박찼다.

전력을 다해 움직인 덕인지 이각 만에 약 오십여 명의 사람들을 전부 옮길 수 있었다. 바로 위로 데려간 것만이 아니라, 조금 떨어진 장소에 내려 두었다.

"무량수불."

대피를 끝낸 뒤, 산처럼 쌓인 시체 앞에서 도호를 외웠다.

지하실 내부에 건질 것이 없는지 꼼꼼히 확인하고, 아무 것도 없는 걸 확인하고 불을 질렀다.

입구는 잘 보이도록 활짝 열어 두었다. 그 위로 연기가 자욱하게 피어오르는 게 훤히 보였다.

아무 생각 없이 불을 지른 건 아니다. 주변 사람들이 잘 보이도록, 연기가 많이 나게 공작을 해 뒀다.

혹시라도 어두워 보이지 않을까 싶어 주변의 수풀에 불을 질러 시뻘건 색이 보이도록 손을 썼다.

"불이다!"

다른 곳도 아니고 사파의 근원지다. 경계가 삼엄할 수밖에 없었다. 화재가 난 것을 금세 발견했다.

적의 습격은 아닌지, 고수 몇몇을 포함한 무사들이 사방에서 몰려들었다. 주서천은 그 속에 녹아들었다.

"이, 이런……."

무사들 중에서 당황하거나, 안색이 창백해진 자들이 여럿 있었다.

"이런 곳에 왜 불이 난 거지?"

위치만 보자면 근처에는 아무것도 없다. 하인들이나 들르는 뒷간이었다.

그러니 자연적으로 발화할 것도 없었다. 누군가 불을 지른 건 확실한데, 딱히 기척이 느껴지지는 않았다.

"양동일지도 모릅니다!"

"돌아가야 합니다!"

누군가가 소리 질렀다. 처음에 도착했을 때 안색이 새파랗게 질렸던 무사들이었다.

어딘가 모르게 초조하고 다급한 표정. 그러나 설득력 있는 말에 무리가 곧장 되돌아가려 했다.

"당장 불을 꺼야 한다! 안 그러면 이 근처는 불바다가 될 거야!"

누가 말했는지 알 수 없도록 무리 속에 섞여, 목소리까지 바꿔서 소리쳤다.

"반으로 갈라진다!"

한눈에 봐도 범상치 않은 기도의 고수가 명령했다. 그러자 몇몇의 무사들이 맡겨 달라는 듯 나섰다.

"저희에게 맡겨 주십시오!"

"습격이 있을지도 모릅니다. 진화(鎭火)는 저희가 하도록 하겠습니다!"

목소리에 다급함이 느껴졌다. 표정도 심히 좋지 않았다.

'담리백의 수하들이로구나.'

불이 난 곳은 겉보기에는 중요한 장소가 아니다. 새하얗게 질린 걸 보면 이곳에 대해 알고 있는 게 분명했다. 표정을 보면 그 속내를 뻔히 알 수 있었다.

"불이 번지는 게 생각보다 빠르다! 겨우 몇 명이서 할 수 있는 게 아니야!"

그들이 허튼수작을 부릴 수 없도록 공작을 부렸다. 주변을 움직일 수 있도록 위엄을 잔뜩 실었다.

위엄이란 게 별 게 아니다. 사람 자체로서의 음성도 있지만, 내력을 담으면 반 이상은 한다.

"뭣들하고 있어! 빨리 움직여!"

일반적인 상황이라면 누가 말했는지 찾으려 했을 것이다. 그러나 워낙 사람이 많아 파악이 불가능했다.

무엇보다 눈앞에서 불이 나 점차 주변에 옮겨붙고 있으니, 냉정하게 상황을 판단할 때가 아니었다.

담리백의 수하들이 막기도 전에 달려온 무사들이 반으로 나뉘어져 움직였다.

"으으으……."

"안 돼…… 큰일이다……."

어떻게든 내쫓으려고 했지만 불가능했다. 화재로 인한 연기가 워낙 커서 사람들이 너무 몰려왔다.

담리백이었다면 모를까, 일개 무사의 신분으로는 한계가 있었다. 결국 손 놓고 있을 수밖에 없었다.

땡땡땡.

한밤중에 경종이 울렸다. 화재가 일어났다는 소식에 벌

떡 일어나 병장기를 차고 바깥으로 나왔다.

화재의 근원지에서 남아 있던 무사들은 주서천이 의도한 대로 진화에 힘썼다.

"어?"

"여기 뭔가가 있다!"

불이 꺼지고, 연기가 걷히니 지하로 향하는 계단이 나타났다.

"허!"

"이건……."

그동안 숨겨져 왔던 공간이 사람들 앞에서 드디어 모습을 드러냈다.

화재에 의하여 불에 탄 시체도 있지만, 진화가 워낙 빨라 불에 타지 않은 그대로의 시체도 있었다.

"얼마 되지 않았다."

진화를 지휘하던 사도천의 고수가 얼굴을 굳혔다.

목내이처럼 삐쩍 말라 버린 시체. 흔적을 보아하니 자연스레 목내이가 된 건 아니었다. 심상치 않은 일을 느낀 사도천의 고수는 무사 몇몇을 보내 보고했다.

'자, 어떻게 나오나 보자.'

*　　*　　*

이튿날.

한밤중에 난리가 있었다. 하인 등이 이용하는 뒷간에서의 화재였다.

장소 자체는 문제가 되지 않는다. 혹여나 양동 작전이 아닌가 싶어 경계를 강화하고 주변을 탐색했다.

그러나 걱정한 대로의 습격은 없었다. 그 대신 사도천주도 모르는 지하실의 존재가 밝혀졌다.

"마공의 흔적입니다."

"······!"

사도천주가 주먹을 꽈악 쥐었다. 어찌나 세게 쥐었는지 손톱이 파이며 피가 주르륵 났다.

"지하실이 소천주의 거처와 연결되어 있었습니다."

"이런 개······."

무심코 '자식'이라 말하려다가 참았다.

다른 것도 아닌 마공이다. 마공의 흔적이 발견됐다. 아들이라 해도 결코 용납할 수 없는 행위였다.

그렇지 않아도 담리백의 성정이 요즘 따라 좋지 않다는 소문이 돌았다. 원래부터 난봉꾼으로 악명이 자자해 넘어갔는데, 알고 보니 마공의 부작용이었다.

"참을 만큼 참았다."

우둔한 점이 시간이 흘러도 나아지지 않았지만, 무공만큼은 남달라 눈감아 줬다.

최근에 대놓고 사도천의 권좌를 호시탐탐 노리며 욕망을 보이는 것도 그러려니 했다.

하지만 이것만큼은 아니다. 인성이 마성에 물들고, 정상적인 사고와 판단을 잃게 되면 그걸로 끝이었다.

'으으으!'

후계를 맡길 수 없는 것은 그렇다 쳐도, 자신에게 악영향이 얼마나 갈지 생각하니 열불이 터졌다. 아들이 마인이었던 것도 눈치채지 못한 상천십좌라며 비웃음을 당할 것을 생각하니 얼굴이 벌게졌다.

"그놈을 당장 내 눈앞으로 데려와!"

사도천주는 사태의 심각성을 알아차리고, 야수문으로 간 담리백에게 복귀 명령을 하달했다.

그리고 이 소란은 금세 사도천, 아니 사파 전체로 퍼졌다. 목격자가 워낙 많아 통제할 수가 없었다.

명령이 전달되기도 전에 야수문에 들어갔다.

"이게 어떻게 된 것이냐."

장대한 체구, 갈기처럼 자라난 수염, 거칠고 사납기 그지 없는 안광을 내뿜는 중년인이 입을 열었다.

"마공을 수련하다니, 제정신인가?"

중년인, 야수문주 임초건이 담리백을 추궁했다.

"이야기가 다르지 않나, 소천주."

현 야수문주는 사도천주를 좋아하지 않았다. 아니, 단순히 안 좋아한다는 수준을 넘어 원한을 지녔다.

과거 무림맹과의 전투 중 주요 고수들 앞에서 '야수문이라 하더니 머리까지 짐승이구나. 어찌 그렇게 생각이 짧나?'라며 모욕을 당한 적이 있었기 때문이다.

그 기억이 아직까지 이어지고 있다. 마음 깊숙한 곳에 남아 가끔씩 꿈에 나올 정도였다.

그때 이후로 사도천주에 대한 감정이 좋지 않았고, 담리백의 아비를 내쫓자는 제안을 받아들였다.

하지만 이렇게 되면 말이 좀 달라진다. 아무리 그래도 마공을 수련한 자를 도울 수는 없었다.

"닥쳐라."

담리백의 섬뜩한 목소리가 임초건의 고막을 때렸다.

"감히……."

사도천주라는 괴물이 위에 버티고 있어서 그렇지, 천하백대고수인 임초건도 성질이 보통이 아니다.

누군가가 시비 걸거나 기분을 나쁘게 만들면 철저하게 박살 낸 다음, 짐승의 먹이로 던지는 사람이었다.

"흥! 나에게 송곳니를 드러낸다면 누가 더 불리한지는

알고 있을 텐데?"

임초건의 분노에도 담리백은 아랑곳하지 않았다. 무서워하기는커녕 혈광을 내뿜으며 비웃었다.

"나에게 손을 들어 준 건 야수문만이 아니다. 사도팔문 중 무려 세 곳이 깊이 관여했다. 아버지, 아니 천주가 그걸 가만히 넘길 사람이 아니란 건 잘 알고 있을 텐데?"

역대 천주들 중에서도 손에 꼽힐 정도로 패도적이라 평가받는 현 사도천주. 그렇다 보니 그를 따르는 사파인들도 많았다.

다만 그중 반은 공포도 섞여 있었다. 자비 없는 성격으로 유명해 실수나 배신에 용서란 것이 없었다.

실제로 과거에 사도팔문주 중 한 명이 반기를 들었다가, 바로 쳐 죽이고 자기 사람을 문주로 앉혔다.

임초건이 담리백과 손을 잡았다는 걸 조금이라도 알아채는 순간, 그의 목숨은 없는 것이나 마찬가지다.

"어차피 전면전을 준비하고 있지 않았나. 그게 좀 더 빨라진 것뿐이다."

담리백의 입가에 기분 나쁜 미소가 번졌다. 마공을 수련한 것이 발각됐지만 신경 쓰는 눈치가 아니었다.

스스스.

불타오르는 안광의 핏빛이 심해졌다. 딱 봐도 마공의 성취가 얕지 않았다.

＊　　　＊　　　＊

　"허, 그 난봉꾼이 그럴 줄 알았다니까!"

　정파인이건 사파인이건 간에 마공을 수련했다는 것이 밝혀지면 보통 난리가 아닌데, 하물며 사도천주의 아들이 수련했다고 알려지니 무림은 발칵 뒤집혔다.

　사파는 물론이고 정파에도 혈안흡혈공에 대해 알려지면서 온종일 그에 대한 이야기밖에 없었다.

　그렇지 않아도 담리백의 행실이 평소 좋지 않아 온갖 소문으로 가득했는데, 거기에 불을 붙이게 됐다.

　"비열한 것도 모자라 미쳐 있을 줄이야!"

　"사도천이 그래도 마지막 선까진 건들지 않았는데……."

　사파인이 비겁하다면, 마도인은 미친놈이다. 전자의 경우는 그래도 대화라도 통한다. 그 차이는 크다.

　"사도천주는 뭘 하고 있던 거지?"

　"다른 사람도 아니고 친아들이 마공을 수련한 걸 눈치를 못 채? 상천십좌의 이름이 우는군, 울어!"

　"에잉, 쯧쯧. 상천십좌가 아니라 상천구좌 아니야?"

　정파가 아닌 사파라 마기에 덜 민감하다 할지라도, 상천십좌 정도 되면 눈치채기 마련. 그런데 전혀 몰랐으니 비웃음이 쏟아지는 건 당연했다.

열 명의 절대고수들은 무위의 차이가 없는 것이나 마찬가지였지만, 이번 일로 한자리가 변할지 모른다.

한편, 정파가 이 틈을 타서 사파를 쉴 새 없이 깎아내리는 동안 사파도 여러모로 시끌벅적했다.

"위선자들의 말을 인정하고 싶지는 않지만, 틀린 말은 아니오."

"틀린 말이 아니라면?"

"우리의 생각보다 그리 강하지 않을 수도 있다는 거요."

사도팔문의 분위기가 범상치 않다. 원래의 역사가 재현되듯 여덟은 넷으로 갈라져서 반란을 도모했다.

"어차피 더 이상 물러설 수도 없소."

"담리백과 한배를 타기로 한 이상, 이런 일은 각오하지 않았나."

"사도천주가 그걸 알고도 넘어갈 위인은 아니지."

북풍한설보다 차갑고, 그 결심은 단칼과도 같다.

배신할 기미나 위험이 될 것 같으면 얼마의 시간이 흘러서라도 제거하는 게 사도천주라는 사람이다.

다음에 잘하라는 말에 넘어가 안심했다가 어이없는 실수로 몰려 목숨을 잃은 자가 몇 명인가.

그 철혈의 노인은 능력이 출중하고 충성심이 가득하면 가족 이상으로 잘해 주지만, 그게 아니라면 반대다. 조금이라도 의심이 될 경우 눈앞에서 지워 마음이 편안해지려는 지독함을 보였다.

과거, 권력이 사도천주 한 사람에게 쏠리지 않게 하려고 불응하거나 여러 공작을 한 적이 있었다.

당한 것에는 무조건 되갚아 주려는 사도천주 성격상 불안해서 도저히 가만히 있을 수가 없었다.

"죽입시다."

"살려 두면 언젠가 당할 뿐이오."

세간의 평은 좋지 않았지만, 그렇다고 이제 와서 내뺄 수는 없었다. 그러기에는 이미 너무 멀리 왔다.

담리백이라는 광인이 대표자인 건 몹시 마음에 들지 않았지만, 구심점이 필요하니 어쩔 수 없었다.

담리백이 비록 마공을 수련해 신뢰를 전부 깎아 먹긴 했지만, 그의 힘과 세력이 아직 멀쩡히 남아 있었다. 여기에서 하나라도 빠지게 된다면 눈앞의 괴물을 과연 상대할 수 있을지 장담할 수 없는 상황이었다.

"준비해야겠군."

소란의 중심, 담리백이 귀환했다.

'담리백!'

담리백이 정문에 나타나자 시선이 집중됐다. 현 무림에서 제일 화제의 인물이니 당연했다.

그러나 그 시선이 곱지는 않았다. 수단과 방법을 가리지 않는 편인 사파도 마도는 좋아하지 않는다.

'그동안 보여 준 무위도 결국 마도란 말이지!'

'이젠 눈이 시뻘건 것을 숨기려 들지도 않는군.'

'뭘 잘했다고 저리 당당한 태도인가?'

담리백은 비난의 눈초리에도 눈 하나 깜짝하지 않았다. 도리어 가슴을 활짝 펴고 당당하게 걸었다.

"흐! 어디서 개새끼들이 짖는구나!"

담리백이 주변을 슥 둘러보곤 비웃음을 흘렸다.

"감히!"

"아직도 네놈이 예전의 소천주라고 생각하나?"

"마도의 개……!"

정면에서 무시를 당했다. 옛날 같았다면 소천주의 지위에 그러려니 하고 넘겼겠지만, 지금은 아니었다.

소문에 의하면 사도천주 역시 대노했다고 했으니, 그의 지위는 이미 힘을 잃은 것이나 마찬가지였다.

"어차피 전부 뒈질 놈들이니, 살아 있을 때 할 말 정도는 마음대로 할 수 있도록 해 줘야지!"

담리백이 일부러 들으라는 듯이 소리쳤다.

"허, 참!"

"어이가 없어선!"

사도천의 무인들이 어이없어했다.

"허풍도 저 정도면 절대고수지!"

"마성에 물들어서 그런지 머리도 맛이 갔군. 지금 자신이 어떤 상황에 처한지도 모르나?"

주변에서 수군거림이 끊이지 않았지만, 위축되기는커녕 핏빛으로 물든 안광이 불타오르듯 빛났다.

담리백은 수많은 시선을 지나쳐 붉은 기왓장의 전각에 들어섰다.

"담, 리, 백!"

사도천주의 목소리가 쩌렁쩌렁하게 울렸다.

파스스!

소림의 사자후조차 비견되지 않는 목소리. 마치 지진이라도 일어난 듯, 전각 전체가 거세게 흔들렸다.

외부의 문 앞에서 경비 중인 무사들조차 그 외침에 영향을 받은 듯 미간을 찡그리며 복부를 매만졌다.

평소 무사들과 하인들이 들락거리는 복도에는 사람은커녕 개미 새끼 한 마리 보이지 않았다.

'무식한 영감탱이.'

시종일관 여유를 잃지 않았던 담리백도 사도천주의 고함을 듣자마자 표정이 돌처럼 딱딱하게 굳었다.

'소리를 지른 것만으로 이 정도라니!'

담리백은 천재다. 권위를 유지하려고 노력도 많이 했다. 거기에 모자라 마공에까지 손을 댔다.

하루에 몇 사람의 피를 먹어 치웠는지 모른다. 심지어 암천회에게 영약까지 지원을 받았다.

나름대로의 깨달음도 얻게 되면서 도약도 했다. 화경을 넘진 못했지만, 적어도 그 끝자락 정도는 된다.

무엇보다 마공이란 것이 두려움을 없애 주고, 고통에 무감각하게 만드는 효능을 가지고 있었다. 그럼에도 불구하고 손가락이 미세하게 떨리니, 절대고수란 경지가 보통이 아니란 것을 몸소 느낄 수 있었다.

'두려워하지 마라.'

두근두근.

심장이 성난 소처럼 뛰기 시작한다. 수십, 수백 명의 목숨을 빼앗아 간 혈액이 몸을 몇 바퀴 돌았다.

배꼽 아래에서 뜨거운 무언가가 용솟음쳤다. 그 힘은 꼬리뼈를 지나 척추를 타고 올라가 감정을 탐욕스럽게 먹어 치웠다. 공포가 사라지고, 자신감이 솟는다.

내리깔았던 동공은 위로 번뜩이고, 안광은 핏빛을 머금

은 채 유황불처럼 불타올랐다.

"허, 이 정도의 혈기라니!"

사도천주가 자리에서 천천히 일어나 혀를 찼다.

"내가 병신이지, 내가 병신이야!"

사도천주가 답답하다는 듯 제 가슴을 두드렸다. 주름 가득한 그 얼굴은 똥을 씹은 듯 구겨졌다.

"아비가 부르면 아들이 답하는 것이 도리라 발바닥에 땀이 나도록 달려왔거늘, 어찌 그리 화를 내시오?"

담리백의 얼굴에 다시 여유가 돌아왔다. 입가에 번진 진한 미소는 비열하기 짝이 없었다.

예전이라면 상상도 할 수 없을 정도로 건방진 태도였다.

"기회를 주마."

사도천주가 위엄 어린 목소리로 경고했다.

"당장 스스로 단전을 폐하고, 전 무림에 사과해라. 그러면 목숨만큼은 살려 주도록 하마."

혈육에 대한 마지막 자비였다.

"흐!"

담리백의 입꼬리가 비틀어 올라갔다.

"으, 하, 하, 하!"

광기가 뒤섞인 기분 나쁜 목소리. 그 목소리에선 온갖 부정적인 감정이 복받쳐 올라 주변을 뒤덮었다.

"알겠소! 내 그리하리다!"

더 이상 아들의 심중을 파악할 수가 없었다.

담리백은 양손을 들어 순순히 그리하겠다는 의사를 표현한 뒤, 사도천주를 향해 천천히 걸었다.

그러곤 그의 바로 앞에서 허리를 살짝 숙이곤, 비아냥거리는 목소리로 물었다.

"이러면 됐소? 아, 혹시 모두의 앞에서 단전을 폐해야 하는 거요 아니면 여기서 해야 하는 거요?"

"네놈이 정녕 화를 부르는구나."

사도천주의 목소리가 분노로 들끓었다. 폭발하기 직전의 화산과도 같은 기세였다.

"설마하니 자식이라고 손을 못 댄다고 생각한다면⋯⋯."

파앗!

순식간에 벌어진 일이었다. 말하는 틈을 타서 담리백이 몸을 튕기듯이 뛰쳐나가 아비에게 덤벼들었다.

지금까지의 숙임은 추진력을 얻기 위함이라고 말하듯 폭발적인 힘을 보여 주었다.

그러나 쉽게 당할 사도천주가 아니었다.

아들의 상태가 정상이 아니란 건 알고 있었다. 마성에 물들었으니 어떤 짓을 저지를 거라 예상했다.

무엇보다 담리백이 마공을 수련해 강해졌다 할지라도, 그래 봤자 화경 끝자락에 불과했다.

손가락을 반쯤 구부린 짐승의 발톱이 패륜을 저지르기 위해서 번개같이 출수해 사도천주를 위협했다.

"네 이노오오옴!"

눈앞에서 벌어진 패륜에 사도천주가 분노했다. 방금 전 초식에서 느껴진 건 순도 높은 살의였다.

아들이 미친 건 알았지만, 설마하니 일말의 주저도 없이 자신을 죽이려 할지는 몰랐기에 그 분노가 더욱 컸다.

"이제 좀 죽을 때가 됐소!"

담리백이 주먹을 연달아 휘둘렀다. 일격마다 치명적인 권풍을 뿜어내며 사도천주를 몰아쳤다.

사도천주는 어이없다는 듯이 헛웃음을 흘리더니만, 쏟아지는 권풍을 전부 쳐 내곤 반격에 나섰다.

파바바밧!

전력을 낼 필요도 없었다. 엄지와 중지를 부딪쳐 고강도의 내공을 담은 탄지공을 손수 보였다.

주류 무공이 아닌데도 그 위력은 상당했다. 대기에 커다란 구멍을 내고 담리백을 후려쳤다.

파앙!

"크흑!"

담리백의 입에서 신음이 절로 튀어나왔다. 버티려고 했지만 그러지 못하고 뒤로 쭉 밀려났다.

방금 전의 공격에서 전력을 쏟아 부었는지, 섬뜩할 정도로 붉은 핏빛의 아지랑이가 피어오르고 있었다.

"오냐, 일단 네놈을 죽을 때까지 패 버리고 이 일에 관한 걸 캐물어야겠다!"

사도천주가 노도의 기세로 소리쳤다.

"퉤!"

담리백이 피 섞인 침을 뱉어내곤 씩 웃었다.

"과연 그게 마음대로 될 것 같소?"

쐐애액!

대기가 갈라졌다. 사도천주의 예리한 감각에 무언가 쏜살같이 날아오는 것이 느껴졌다.

처음엔 암기라도 날아오나 싶었는데, 그게 아니었다. 옆구리 쪽으로 파고들어 오는 건 사람이었다.

"사도천주!"

정확히 말해선 야수에 가까운 사람이었다.

사도천주의 얼굴이 와락 일그러졌다.

옆구리를 파고드는 조강(爪罡)은 낯설지 않았다. 사파에서 이만한 조공을 펼칠 수 있는 건 한 사람뿐.

"임초건? 미쳤느냐!"

사도천주가 분노를 넘어 황당해했다.

야수문주가 평소에 자신을 안 좋게 생각하는 건 대충 알고 있었지만, 설마하니 반기를 들 줄은 몰랐다.

무엇보다 마인으로 낙인 찍힌 담리백의 손을 들어 주다니, 이해가 가지 않았다.

"죽어라!"

임초건이 연이은 공격으로 말 대신 답했다.

"허어!"

반기를 든 것은 한 사람만이 아니었다. 그가 바라보는 시선 끝에 몇몇의 무인들이 나타났다.

"담리백, 이 미친놈!"

주서천이 화를 참지 못하고 욕설을 내뱉었다.

"이 잡놈이 대체 뭔 짓을 저지른 거야?"

담리백이 뭔 짓을 저지를 줄은 알았다. 그러나 그것이 이렇게 전면전으로 커질 줄은 몰랐다.

마공을 수련한 흔적을 밝혔으니, 그 끝이 어떻게 될지 궁금해 남아 있었을 뿐인데 영락없이 일에 휘말리게 됐다.

설마 했던 사도천의 내전 발발. 담리백이 방문하고 얼마 지나지 않아 내부에서 싸움이 벌어졌다.

외부의 습격도 아닌, 내부에서의 습격. 주변에서 들리는 이름을 들어 보니 적은 사도팔문 중 반이었다.

'아니, 아무리 미쳤다고 해도 혼자서 저지를 일은 아니지.'

담리백은 암천회의 손바닥 위에서 움직이는 꼭두각시에 불과하다. 얼마 전에 본 그림자가 눈에 밟혔다.

'그들이 노리는 건 두 가지일 거야. 하나는 내전으로 인해 사도천의 세력이 약화되는 것이고…….'

주서천이 눈을 가늘게 뜨며 활을 들었다.

'다른 하나는 사도천주의 목을 노리는 것인데…… 만약 이 경우라면…….'

칠성사. 그 이름이 제일 먼저 떠올랐다.

第十一章
패도제공(覇道制功)

채채챙!

병장기가 부딪치면서 마찰음을 토해 냈다.

"으아아악!"

철끼리 부딪치는 소리는 얼마 가지 않아 무인들의 신음과 비명에 묻혀 버렸다. 여기저기서 소란이 일어났다.

패륜아는 아비를 배반하고 일어났다. 혼자라면 좋을 텐데, 불행하게도 사도팔문 중 반이 협력했다.

귀환하는 척하면서 동맹에게 습격 계획을 전하고 고수들을 불러들였다.

그 숫자가 무려 오백여 명이다. 반은 외부에서 합류하고,

반은 내부에 미리 도착해서 진을 쳤다.

"하오문!"

문이 열리면서 몸을 피로 칠한 무사가 들어왔다.

"도와라!"

"어딜?"

"당연히 담리배…… 케헥!"

무사의 미간에 화살이 꽂혔다.

'어디부터 도와야 하지? 사도천? 사도천주?'

주서천이 주변을 슥 둘러봤다. 척 봐도 습격한 측이 유리
했다.

"기, 김가 이놈 네가 배반을 해?"

"형님! 흐름을 타십시오, 흐름을!"

"크아악!"

"난 아니야! 난 배반하지 않았다고!"

"그걸 어떻게 믿지?"

"제기랄!"

배반자들이야 표식으로 서로를 알고 있었지만, 사도천주
측은 아니었다. 누가 아군이고 적군인지 알 수 없으니 제대
로 된 반격에 나서지 못했다.

"커헉! 나, 날 속였구나……."

"흐!"

게다가 아군인 척하면서 등을 찌르니 어찌할 수가 없었다. 통제 불능의 상황이 벌어졌다.

'이쪽부터 돕자.'

사도천주가 괜히 상천십좌가 아니다. 혼자라 할지라도 금방 당하지는 않을 것이다.

그보단 눈앞에 일방적으로 밀리는 이 상황부터 어떻게든 해 봐야 했다.

"배반이다!"

주서천이 목청껏 소리쳤다. 그러나 누가 그걸 모르겠는가. 당연하게도 아무도 들은 척조차 하지 않았다.

그러나 그다음으로 이어지는 이름에는 좌중의 시선이 한 곳으로 모였다.

"야수문, 술진문(術陳門)!"

움찔.

"쌍도문(雙刀門), 내단검문(內丹劍門)!"

전부 사도팔문에 속한 문파였다.

"그들이 배반했다!"

미래. 아니 이젠 현재가 되어 버린 배반자들이다. 그들이 담리백에게 붙어 사파를 엉망으로 만들었다.

"그러고 보니……."

경황이 없어 제대로 파악하지 못했지만, 아까부터 공수

를 교환하는 자들의 무공이 낯익었다.

사파의 무공인 건 그렇다 쳐도, 전부 네 가지 안으로 좁혀졌다.

짐승의 발톱을 닮은 조공, 눈을 현혹시키는 사술, 양손에 쥔 쌍칼, 그리고 초식에 비해 무식한 내공!

"헛소리!"

술진문 소속 사파인이 목에 핏대를 세웠다.

"애초에 누군지 알고 저 말을 믿느냐?"

"동요한 것만으로도 부끄럽다!"

맞는 말이었다. 신분도 모를 잡놈이 갑작스레 튀어나와서 말해 봤자 혼란만 가중시킬 뿐이었다.

아니, 혼란을 넘어서 의심으로 변하려 했다.

"저놈이야말로 담리백의 앞잡…… 컥!"

술진문도의 목이 뒤로 확 꺾였다. 언제 날아온지도 모를 화살이 눈을 통해 구멍을 냈다.

"구, 궁공?"

어느 쪽이라고 할 것 없이 모두 당황스러운 눈치였다.

눈에 안 보일 정도의 속도. 저 정도면 일반적인 궁술은 아니다. 최소 궁공을 수련해야 한다.

그들이 잠시 당황한 틈을 타, 화살을 시위에 걸고 놓았다. 쐑, 하고 공기에 구멍이 나면서 곧게 뻗었다.

"어딜!"

야수문도가 어림없다는 듯 손가락을 반쯤 구부리고 사문의 자랑인 야수조법(野獸爪法)을 펼쳐 막으려 했다.

원래라면 날아온 화살 따위야, 설사 내공이 실려 있다 할지라도 허무하게 튕겨져 나가야만 했다.

째애앵!

"흡!"

야수문도가 숨을 멈췄다. 화살을 막아 내는 데는 성공했지만, 손톱에 실린 공력이 흩어지며 충격이 고스란히 전해졌다. 아랫배가 타오르듯이 아파 왔다.

'도대체 어떻게 이만한……!'

화살에 실린 내기가 보통이 아니었다. 이 정도의 공력을 실을 수 있는 궁의 고수에 대해서는 들어 본 적이 없었다.

푸욱!

"컥!"

야수문도가 믿기지 않는 듯 눈을 부릅떴다. 그 눈동자에 비치는 건 복부에 꽂힌 화살이었다.

'언제?'

분명 하나의 화살을 보고 막았다. 그런데 정신을 차리고 보니 복부에 또 하나가 꽂혀 있다.

위력도 위력이지만, 속도가 여간내기가 아니다.

이런 고수가 어디서 나타났냐며 의아해했지만, 생각을 잇지 못하고 그대로 절명했다.

"쯧쯧쯧, 지랄을 하네."

쌍도문의 장로, 이장도가 짜증을 냈다.

"뭘 멀뚱거리며 서 있어? 처리해!"

이장도가 버럭 화를 내자 쌍도문도가 부랴부랴 움직였다. 화살을 시위에 걸기 전에 제압할 생각이었다.

사문의 이름에 걸맞게 양손에 칼자루를 쥐고, 눈을 번뜩이며 살초를 날렸다. 그 숫자가 다섯이었다.

"잘 봐라!"

주서천이 일부러 눈에 띠려는 듯 소리를 질렀다.

"셋!"

여러 개의 화살을 걸어 시위를 놓는다.

파바바밧!

화살의 비 정도는 아니었지만, 그래도 하나가 아닌 여러 개의 화살이 위협적인 기세로 쏘아졌다.

하나, 둘, 셋!

일시(一矢)에 깃든 위력이 혼신을 담은 창격과도 같다. 쌍도문도 중 셋이 비명과 함께 나가떨어지면서 바닥을 데굴데굴 구르자 주변에서 경악 어린 목소리가 터져 나왔다. 그야말로 신궁(神弓)을 연상케 했다.

'하지만!'

활이란 건 한 번 쏘면 다시 장전하는 데 시간이 걸린다. 무엇보다 접근하면 조준도 제대로 하지 못한다.

둘밖에 남지 않은 쌍도문도가 그걸 노렸다. 입가에는 회심의 미소가 번졌다.

궁공의 고수가 갑자기 나타난 건 의문이었지만, 위협이 되지는 않는다. 어차피 궁술이 전부가 아닌가.

접근하면 끝. 그렇게 생각하며 마무리를 지으려 했다.

그러나…….

"어?"

시위에 화살을 걸기는커녕 손에서 활을 놓는다. 거기에 모자라 허리춤에 매단 검을 뽑아 쥐었다.

처음에는 접근전을 대비해서 검을 꺼내 발버둥이라도 치려는 건가 싶었다. 하나 그다음에 펼쳐진 검에 입을 떡 벌렸다.

부──웅.

그건, 일반적인 철검치곤 너무나도 무거운 검격이었다. 공기가 쓸려 나가고, 대기가 짓눌러졌다.

마치 대검을 휘두르는 것은 아닐까 싶은 감각. 외관은 평범한 철검이나 어째서인지 대검으로 보였다.

'무리다! 못 멈춰!'

'안 돼, 바꾼다!'

쌍도문도의 반응이 각각 달랐다.

맨 앞에 선 쌍도문도는 피하거나 막기는커녕 도리어 힘을 더해 이번 초식에 전력을 쏟아 부었다.

그 뒤의 선 쌍도문도는 내상을 각오하고 초식의 흐름을 강제로 끊은 뒤, 쌍도를 세워 수비세를 취했다.

느릿하게 흘러가는 시간 속, 정면에서 나아가던 검이 주서천의 만중검과 충돌했다.

쿠웅!

천근을 담은 만중검이 그 파괴력을 고스란히 토해 낸다. 무게의 영향에 의해 밟고 있는 부분의 지면이 움푹 파였다.

"커허억!"

검이 부딪친 순간, 그 결과는 압도적이었다. 순수한 무거움이 담긴 중검이 쌍도를 무시하듯 갈랐다.

칼을 가른 것도 충분히 놀라운 일인데, 거기에 모자라 공중에 떠 있는 쌍도문도의 몸도 분리시켰다.

얼마나 정확하게 휘둘렀는지 깔끔하게 절단되어 피 한 방울조차 흐르지 않았다.

"난, 무사하……."

상체와 하체가 분리된 공간, 그 사이로 뒤에서 따라오던 쌍도문도가 살았다는 듯 활짝 웃었다. 그러나 안심도 잠시,

그 얼굴은 공포로 참혹하게 일그러졌다.

방금 전에 무식한 중검을 휘둘렀는데도 불구하고도 주서
천은 전혀 힘들어하지 않고 이 보 전진했다.

우측으로 휘둘러졌던 검은 일순간 뚝 하고 끊기듯 멈추
더니만 흔들림 하나 없이 그대로 좌로 베어졌다.

서걱!

이 보 전진하면서 공력, 곧 무게를 더했다. 무려 배나 되
는 무게의 검이었다. 결과는 안 봐도 뻔했다.

"무슨……."

사도팔문의 쌍도문. 그것도 하수가 아니라, 최소 일류급
의 무인이 별다른 저항조차 못 하고 당했다.

워낙 순식간에 일어난 일이라서 무슨 일이 벌어졌는지
이해 못하는 사람들까지 속출했다.

눈앞에서 벌어졌지만, 그게 너무 압도적이라서 머리가
상황을 따라가지 못했다.

"활과 검?"

이장도가 설마 하는 표정을 지었다.

"아……!"

몇몇이 무언가 떠올린 듯 탄성을 흘렸다. 그 한두 목소리
가 눈덩이처럼 불어나 주변을 뒤덮었다.

"궁귀검수!"

약 이 년 전에 혜성처럼 등장한 사파의 고수!

묘가검문에 고용되어 폭섬도문이 멸문하는 데 결정적인 역할을 하고, 그대로 사라진 천하백대고수였다.

그동안 소문만 무성할 뿐 흔적이 발견되지 않아 객사한 것은 아닌가 싶었는데 이렇게 나타날 줄이야.

활을 귀신처럼 다루는 검수라 하면 사파, 아니 중원을 뒤져도 한사람밖에 없다.

"궁귀검수가 왜 여기에 있지?"

"아니, 그보다 저자는 하오문의 장로가 아닌가?"

가짜 신분을 알아보는 자들이 드디어 늘어났다.

"하필이면……."

학사풍의 중년인의 얼굴이 와락 일그러졌다.

"어떻게 할 생각인가, 나각."

"나각? 술진문주?"

무림맹에 제갈세가가 있다면, 사도천에는 술진문이 있다는 말이 있을 정도로 두뇌가 장기인 문파였다.

다만 여타 무림에서 머리 쓰는 일의 취급이 별로 좋지 않듯이, 사도팔문 중에서도 권위가 제일 낮았다.

특히나 예우라곤 눈곱만큼도 없는 사파인지라 천대라거나 무시는 더더욱 심했다. 이에 불만을 가진 나각에게 담리백이 찾아와 내란으로 힘을 보여 주자며 제안했고, 이를 술진문이 받아들였다.

"허, 문주들까지 죄다 나선 건가. 그럼 지금쯤 사도천주와 피 터지게 싸우고 있겠군."

주서천이 혼자 수긍했는지 중얼거렸다.

담리백이 미쳤다 할지라도 상천십좌를 혼자 상대하고 있지는 않을 것이니, 분명 고수들이 투입됐을 터.

야수문, 쌍도문, 내단검문의 최고수이자 그 지도자가 어디에 있을지는 안 봐도 뻔한 일이었다.

'그에 비해 우리 측은……'

지금 벌어진 일 자체가 급습이었다. 사도천주에게 우호적인 사도팔문의 최고수들은 여기에 없었다.

소식을 듣고 달려온다 해도 거리가 제법 되니 오늘 내로 오는 건 불가능하다. 정리가 다 된 이후 도착할 확률이 농후하니, 지원은 없다고 봐야 한다.

"흥, 어떻게 하긴 어떻게 해?"

나각이 비웃음을 흘리며 허리를 꼿꼿하게 세웠다.

"궁귀검수가 예상외이긴 했지만, 그래 봤자 혼자서 뭘 하겠나. 수적으로도 무위로도 우리가 위다."

"흠……"

나각의 말에는 틀린 점이 하나도 없었다. 얼마나 맞는 말인지 사도천주 측의 무사들도 수긍했다.

"이걸 어떻게 이기라고?"

"우린 전부 죽을 거야."

"난 여기서 죽고 싶지 않다고!"

상황은 절망적이었다.

사파인에게 중요한 건 목숨이다. 그들도 무인으로서 자존심이 있고, 명예를 중히 여기지만 결코 목숨보다 귀하게 여기지는 않는다. 그게 정파와의 차이다.

무엇보다 승리할 확률이 낮아도 너무 낮았다. 많이 쳐도 이 할 정도니 사기가 곤두박질쳤다.

사도천주의 명령이라도 있었다면 또 모른다. 그런데 깜깜무소식이니 암담해지기만 했다.

"그만!"

주서천이 고함과 함께 진각을 밟았다. 우레가 치듯이 굉음이 터지면서 모두의 시선이 한곳에 모였다.

"눈앞의 상황을 잘 살펴라! 지금 여기에서 고수라 불릴 만한, 네놈들이 알고 있는 자가 몇이나 있나?"

그 말에 사파인들이 눈동자를 굴렸다.

술진문주, 나각. 고수는 아니다. 술법이나 진법 등의 지휘에는 능숙하나 무공은 약하다.

쌍도문의 장로인 이장도. 초절정 고수로 이름이 높기도 하며 천하백대고수이지만 말석에 위치해 있다.

하나 그 외에는 이렇다 할 정도의 고수는 없었다.

일류와 절정의 무인이 있긴 했지만, 감당 못 할 수준은 아니다. 수적으로 제법 차이가 나도 절망적이진 않다.

해 볼 만하다는 생각에 사도천주 측의 사기가 오르는 게 느껴졌다.

나각이 뭐라 말하려 했으나, 주서천은 그 전에 검을 하늘 높이 찔러 강기를 내뿜었다.

"화……경의 고수, 궁귀검수를 따르라!"

하마터면 화산파의 주서천이라고 말할 뻔했다.

　　　　　　*　　　　*　　　　*

사도천주를 포위하고 있는 고수들이 무려 이십이었다. 전원이 사도천에서 내로라하는 실력자들이었다.

"흐!"

사도천주의 입에서 웃음소리가 흘러나왔다. 명백한 비웃음이다.

"겁먹은 꼴을 보니 웃을 수밖에 없구나. 오냐, 내가 그리 무서워서 단체로 이런 짓을 저질렀는가?"

사도천주가 대놓고 도발했지만, 누구도 걸려들지 않았다. 전원이 경계한 상태로 꿈쩍도 하지 않았다.

"그러니 적당히 날뛰었어야지."

잘 벼린 칼처럼 온몸에서 예기를 내뿜는 중년인이 말했다.

얼굴의 주름을 보아하니 중년은 넘고, 이제 곧 노년을 바라보는 연령이었다. 쌍도문주 갈홍석이다.

"구세대는 사라지고 사도천은 앞으로 새로운 길을 걷게 될 것이니."

내단검문주, 철무명환이 스산하게 웃었다. 이 자리에 있는 문주들 중에서도 젊은 편에 속했다.

피부가 건강하게 그을린 것이 특징이었고, 머리카락이 잔디처럼 짧고 뾰족한 것이 눈에 돋보였다.

"실력이 쓸 만해 사도팔문에 넣어 주었더니만, 뭐라도 되는 것처럼 주제도 모르고 이를 드러내는구나."

사도천주가 같잖다는 듯이 웃었다.

멸문지화를 맞이한 폭섬도문, 그리고 그 빈자리를 채우기 위한 다툼의 최종 승리자가 내단검문이다.

"좋아, 와라. 한 놈도 빠짐없이 후회하게 만들어 주마."

차가운 분노를 머금은 웃음을 지은 것이 시작이었다. 주변의 분위기가 가라앉더니 무언가가 바뀌었다.

절대고수의 기세에 압도됐다거나 하는 수준이 아니다. 물리적인 의미의 변화였다.

머리카락이 쭈뼛 선다. 철갑을 몇 겹이나 두른 듯 온몸이 무겁다. 무언가가 어깨를 강하게 짓눌렀다.

이상 현상은 거기에서 멈추지 않고, 내공의 순환을 담당하는 기맥에도 영향을 끼쳤다. 마치 불순물이 쌓여 꽉 막힌 것처럼 운기의 흐름이 지지부진해졌다.

"크흐윽!"

고수들의 입에서 신음 소리가 흘러나왔다.

"패도(覇道)…… 제공(制功)……!"

저잣거리에서 무공이라고 그럴듯하게 속일 만한 이름이지만, 그 위력은 신위(神威)에 가깝다.

짓누르고 억제한다는 이름에 걸맞게, 이 무공을 대성하면 주변의 일정한 영역을 마음대로 할 수 있다.

그 원리나 구조를 보자면 단순하다. 신체 내부에 쌓은 내력을 외부로 대량으로 방출해, 대기를 조종하여 제 몸을 강화하고, 적수는 약화시키는 것이었다.

"끄으으윽……!"

임초건이 과거에 있었던 안 좋은 기억을 떠올리며 힘겨워했다. 육체의 통제가 벗어난 이 감각을 싫어한다.

"이것이 말로만 듣던 패도제공인가……!"

갈홍석이 짐짓 감탄사를 흘렸다. 적수를 눈앞에 둔 상황이어도 무인으로서 놀라움을 감출 수 없었다.

"크하압—!"

사람, 아니 재앙에 가까운 괴물이 그들을 덮쳤다.

한편, 내각이 아닌 외각은 몇백 명이 뒤엉켜 싸우느라 상황이 숨 가쁘게 흘러가고 있었다.

처음에는 천주 측이 압도적으로 불리했다. 습격도 습격이지만, 사기가 생각 이상으로 떨어져 있었다.

그러나 그것도 잠시, 궁귀검수의 등장으로 인해 상황은 급변했다.

"화경의 고수라고? 그래 봤자 족보 없는 놈일 뿐!"

이장도가 우습다는 듯이 목소리를 높였다.

"쌍아랑대(雙牙狼隊)!"

파바밧!

십 인의 고수가 이장도 뒤로 정렬했다. 전원이 절정의 고수로 구성된 쌍도문의 정예였다.

무공만 강한 것이 아니라, 생사를 넘나드는 무수한 실전으로 단련된 무인들이다.

"화경의 할아비가 온다 할지라도 쌍아랑대를 이기진 못한다. 이 어금니로 갈기갈기 찢어 주마."

'쌍아랑대라…….'

이장도가 자신만만해하는 것도 이상하진 않다. 쌍아랑대

의 명성은 전생과 현생에서도 제법 높았다.

'엉덩이에 힘 좀 줘야겠군.'

본연의 무위라면 충분히 상대할지도 모른다. 그러나 지금은 궁귀검수로서 연기를 해야 한다.

화산의 검을 쓰지 못하고 오로지 만중검만으로 쓰러뜨려야 하니 조금은 긴장됐다.

그러나 뒤편의 불안해하는 이들에게 아무렇지 않게 보이려고 자신감 있게 말했다.

"쌍아랑대라 하면 내 상대로 부족함이 없다."

"이제 보니 입만 산 놈이었구나!"

이장도가 어이없는 목소리로 외치며 몸을 날렸다. 그 뒤로 십 인의 쌍아랑대원들이 따랐다.

언뜻 보면 마구잡이로 달려든 것 같지만 전혀 아니다. 잘 보면 연계할 수 있도록 적절한 위치를 잡았다.

파바바밧!

이장도의 쌍도가 허공에서 잔상을 남기면서 쏟아졌다. 사방팔방으로 흩날리는 칼이 제법 매섭다.

"흐음!"

도격이 정신없이 빗발쳤지만, 위협적이진 않다. 눈동자를 굴릴 것도 없이 전부 쳐 냈다.

공격이 하나도 성공하지 못했으나, 이장도는 전혀 신경

쓰지 않았다. 도리어 회심의 미소를 지었다.

'멍청한 놈!'

처음부터 전력으로 쏟아 낸 건 쓰러뜨리려고 한 게 아니었다. 쌍아랑대의 빈틈없는 포위를 위해서였다.

"지금이라도 늦지 않았다. 우리 밑으로 들어와라. 마지막 자비다."

"우리?"

"사도팔문, 아니 사도사문이다."

이장도가 팔을 크게 벌리며 과장스럽게 웃었다.

"하하하!"

주서천이 이장도를 따라 하듯 웃었다.

"뭐가 그리 웃기지?"

"됐다. 말해 봤자 어차피 믿을 것도 아니니까."

사도사문의 뒤에는 암천회가 있다. 그것도 모르고 자기들 세상인 것처럼 착각하고 있으니 웃음이 나왔다.

"멍청한 놈. 살 기회를 줬더니 그걸 걷어차는구나!"

이장도가 눈썹을 사납게 치켜떴다. 주름진 그 얼굴은 노기로 잔뜩 일그러졌다.

"죽여라!"

처형 선고가 내려졌다. 절정의 고수들이 동시에 움직였다.

파바바밧!

햇빛이 반사된 도신이 한꺼번에 쏟아진다. 한 사람당 하나가 아닌 둘이니, 종합 스무 개의 도격이었다.

휘익!

오직 한곳을 노린 공격 속, 주서천이 제자리에서 뛰었다. 그가 있던 곳에 칼이 교차했다.

'어리석은 놈!'

이장도가 주서천을 비웃었다.

곤륜의 운룡대팔식을 수련하지 않은 이상, 공중에서의 방향 전환이나 움직임은 마음대로 못 한다.

대부분의 무인들이 동시에 쏟아진 공격에 당황을 금치 못하고 공중으로 뛰어오르고, 죽는다.

쌍아랑대원은 적수의 움직임을 예상했다는 듯, 물처럼 자연스러운 흐름으로 위를 향해 수직선을 그었다.

그냥 휘두른 것만이 아니다. 도기를 실었다. 수십 마리의 연어가 강을 거슬러 올라가듯 칼을 올렸다.

이장도는 주서천이 수많은 칼날에 난도질당할 것을 믿어 의심치 않았다.

그러나…….

"하압!"

고막을 후려칠 정도로 힘찬 기합이 터져 나온다.

채채채채챙!

"허, 헉?"

이장도의 눈이 찢어질 듯 커졌다.

몸을 둥글게 두른 강기의 막이 쌍도를 빠짐없이 막아 냈다. 유형화된 걸 보면 순도가 보통이 아니었다.

'마, 말도 안 돼!'

너무 놀라 몸이 일순간 굳었다.

게다가 아직 끝난 게 아니었다. 호신강기로 막대한 내공을 소모했을 주서천이 공중에서 검을 휘둘렀다.

부웅!

철검이 반원을 그렸을 때, 이미 쌍아랑대원의 반이 피를 흩뿌리고 바깥으로 나가떨어졌다.

'안 돼!'

나머지 반이 급히 수비세를 취했다. 역시 괜히 정예가 아니라는 듯, 판단력이 정확하고 빨랐다.

"크윽!"

"큣!"

아슬아슬하게 치명상은 피했다. 중검의 충격을 고스란히 받아 단전이 약간 아픈 정도로만 끝냈다.

처음에 공격을 허용한 쌍아랑대원은 목이나 가슴에서 솟구치는 피를 멈추려고 발버둥 쳤다.

"과연, 쌍균도법(雙均刀法)!"

주서천은 휘두른 검을 양손으로 고쳐 잡았다.

사파의 무공은 대부분이 패도적이고 공격적이다. 그러나 쌍도문의 쌍균도법은 좀 다르다. 우도이건 좌도이건 간에 한쪽으로 공격을 맡고, 한쪽으로는 수비를 맡아 공수를 번갈아 썼다. 안정적인 도법이다.

"하지만!"

그러나 중검을 상대론 상성이 좋지 못하다. 차라리 방어하지 않고 회피하는 것이 나았을지도 모른다.

양손으로 쥐고 막아도 힘들 터인데, 양손으로 분산된 쌍도로 방어하려고 하니 버틸 리가 없었다.

주서천이 왼발을 내디딘다. 팔과 어깨를 뒤로 내빼면서 양손에 쥔 철검을 뒤로 쭉 뺐다.

전부 뺀 건 아니다. 자세를 바꾸지도 않았다. 허리만 반쯤 꼰 뒤, 철검을 있는 힘껏 휘둘렀다.

콰과과과과!

공기가 터진다. 대기가 짓뭉개지고 갈라진다. 배나 되는 무게가 모든 걸 집어삼키며 적들을 덮쳤다.

"커허억!"

도기를 둘렀지만 무의미했다. 막는 것까진 성공했지만, 쌍도와 함께 그 몸이 밀려서 날아가 버렸다.

그 옆이나 뒤에 있던 쌍아랑대원도 마찬가지였다. 부대 아니랄까 봐 운명을 함께하듯 같이 밀려났다.

파스슷.

하체에 힘을 주고 어떻게든 버텨 보려 했으나 조금도 버티지 못했다. 척추뼈가 부러지는 소리가 들렸다.

"으아악!"

살아남았던 나머지 반도 그대로 나가떨어졌다. 바닥을 처참하게 구르면서 먼지구름이 피어올랐다.

"뭐 저따위로 무식한······!"

나각이 그걸 보고 입을 떡 벌렸다. 저런 무공이 있다는 건 들어 본 적도 없었다.

놀라는 사이 주서천은 철검을 고쳐 잡고, 태양을 가릴 정도로 높이 뛰어올랐다가 검을 내리쳤다.

쿠아아앙!

만중검의 수법으로 고속으로 떨어졌다. 사람이 아니라 철퇴가 떨어진 듯했다.

철검이 지면을 내려찍은 순간 바닥이 거꾸로 솟고, 밑의 바위들이 쪼개지면서 비산해 흩뿌려졌다. 낙하한 장소를 중심으로 원형으로 거미줄처럼 금이 갔다.

고통으로 가득 찬 비명은 없었다. 소리를 지를 겨를도 없이, 낙하한 검에 맞아 목숨을 잃었다.

"그, 그런……."

딱딱딱!

이장도의 동공이 지진이라도 일어난 듯 거세게 흔들렸다. 입은 떡 벌어진 채 닫힐 생각을 안 했다.

도를 쥔 손가락은 힘없이 벌어지려 했고, 오금이 저리는 듯 다리를 후들후들 떨었다.

쌍아랑대. 사문이 자랑하는 정예가 눈 깜짝할 사이에 전멸했다. 그것도 별다른 상처도 입히지 못했다.

궁귀검수가 고수란 건 알았지만, 설마하니 이 정도일 줄은 꿈에도 몰랐다.

"허미……."

누군가에게서 놀란 목소리가 흘러나왔다. 그리고 그 목소리는 이내 함성으로 변해 천지를 뒤흔들었다.

"와아아아아!"

"궁귀검수! 궁귀검수!"

"궁귀검수 만세! 사도천주 만만세!"

아군은 환호하고, 적군은 좌절했다.

"가자! 이 기세를 몰아 적들을 내쫓아라!"

주서천이 이때다 싶어서 달아오른 열기에 숨을 불어넣었다. 눈앞의 이장도에게 기습적으로 날아가 일격을 꽂아 넣었다.

"캬아악!"

화경의 고수가 비록 장기는 아니나, 그래도 전력을 쏟아부었다. 겁먹은 상태에서 제대로 막을 수 있을 리 없었다.

쌍도문의 장로가 허무하게 당한 걸 본 적군들은 목을 움츠리고 뒷걸음질 쳤고, 아군은 밀어붙였다.

전장의 판도가 눈 깜짝할 사이에 뒤집혔다.

"사파의 영웅을 따르라!"

누군가가 외치자 '따르라!' 라는 말이 메아리처럼 전장에 울려 퍼졌다.

주서천은 상징이라도 보여 주듯, 검을 잠시 거두고 화살을 시위에 걸어 쏘았다.

第十二章
내단검문(內丹劍門)

　사도천 본부 경비대 소속 무사가 있다. 이름은 막두. 조
금 있으면 마흔한 살이 된다.

　지도에도 없는 시골에 태어나 배를 굶으며 살아왔다. 아
버지는 험한 일을 맡아 하다가 사고로 목숨을 잃으셨고, 어
머니는 홀몸으로 자식들을 키우다 병에 걸려 시름시름 앓
다가 세상을 떠났다.

　이남삼녀 중 장남인 막두는 동생들을 먹여 살려야 했고,
농사로는 불가능하단 걸 깨닫고 강호에 나갔다.

　처음에는 낭인으로 떠돌다가 운이 좋아 사도천 소속 무
사의 눈에 띄어 제자로 들어갔다.

정말로 열심히 살았다. 동생들을 어떻게든 먹여 살리려고 벽곡단으로 배를 채우며 수련에 집중했다.

노력이 있어서 그런지 서른이 되기 전에 이류에 올랐다. 그리고 마흔이 될 무렵에 겨우 일류를 이뤘다.

늦게나마 혼례도 올렸다. 흔히들 말하는 여우 같은 부인과 토끼 같은 자식도 있었다.

그러나 부인의 건강이 그다지 좋지 못했다. 몇 년 전부터 시름시름 앓더니 병에 걸렸다.

한창 놀고 웃을 나이의 아이의 얼굴에 걱정과 울음이 차기 시작했다.

고생만 하다 떠난 어머니가 떠올랐다. 희생하다 떠난 아버지가 생각났다.

처음이자 마지막인 사랑을 이대로 떠나보내고 싶지 않았다. 위험한 대신 수당이 좋은 임무를 맡게 됐다.

그러나 약값이 정말 많이 들었다. 신의를 찾아가려 해도 사도천의 경비대 무사 입장으론 불가능했다.

"여보, 전 괜찮아요. 약값도 많이 드는데……."

부인은 자기는 괜찮다면서 손을 잡아 주었다. 애가 아직 두 살배기이니, 아이에게 신경 써 달라 말했다.

마음이 아팠다. 무능력한 자신이 싫었다. 그래서 더더욱 열심히 돈을 벌었다. 평생을 함께할 사람을 떠나보내고 싶진 않았다.

막두의 노력에 하늘도 감동한 것인지, 부인의 병도 차츰차츰 나아지기 시작했다. 아이도 웃기 시작했다.

이제 막 가정에 빛이 들기 시작했다. 불행은 끝나고 행복해질 때가 됐다. 그리 생각한 게 나흘 전이다.

담리백이라는 난봉꾼이 야수문, 술진문, 쌍도문, 내단검문과 함께 습격해 왔다. 몇 배나 되는 숫자다.

도저히 이길 수 있을 거란 생각이 들지 않는다. 그러나 부인과 자식이 떠올라 물러날 수는 없었다. 반격에 나섰다.

조족지혈(鳥足之血). 아무리 불굴의 의지가 있다 해도 한계가 있었다. 이렇게 죽나 싶어 포기한 순간.

"가자! 이 기세를 몰아 적들을 쫓아내라!"

고수가 나타났다. 아니, 영웅이 나타났다.

영웅지에서나 등장할 법한 인물은 아니었다. 어떠한 이념이 존재하는 숭고한 전투도 아니었다.

그저, 사익. 욕망에서부터 시작된 내전에 참전한 것에 불과하나 막두에게는 충분히 영웅으로 보였다.

"사파의 영웅을 따르라!"

궁귀검수. 그 별호를 똑똑히 기억하며 도를 들었다.

불과 일각 전까지만 해도 도망갈 궁리만 하던 경비대가 처음으로 열기로 가득한 함성을 내뱉었다.

이마에서 흐르는 피를 닦고, 허리의 흉터를 대충 지혈한 뒤 소리를 지르면서 칼을 휘둘렀다.

막두를 시작으로 사도천 무인들이 반격에 나선다. 인원은 적었으나 그에 아랑곳하지 않고 투기를 뿜어냈다.

방금 전까지 다 이긴 싸움이라며 희희낙락하던 담리백의 습격대는 그 기세에 당혹해 밀려났다.

"멍청한 놈들!"

나각의 이마에 퍼런 핏줄이 툭 튀어 올랐다.

"다 이긴 싸움인데 도망치자면 어쩌자는 거냐!"

"이겼다고? 저걸 보고도 그런 소리가 나오는 거요!"

일류 무사가 싸늘하게 식은 쌍아랑대원의 시신을 가리키면서 소리를 질렀다.

"멍청하긴! 방금 전에 싸움을 보지 않았느냐? 궁귀검수가 화경이라고 한들, 그 내공은 무한하지 않다. 아까 전에 호신강기를 남발했으니, 지금 지쳐 있을 것이 틀림없다!"

사파의 두뇌답게 지휘와 말솜씨가 제법이다.

나각의 말에 도망치려던 이들이 멈칫했다.

"지금 검을 내려 두고 활을 쏘는 것이 증거다!"

"확실히……."

반격을 당한 이후 떨어지기만 하던 사기가 나각의 말에 다시금 오르기 시작했다.

'여기서 물러난다면 끝이다.'

이곳의 지휘를 맡게 된 이상, 물러날 수 없다.

설사 내전에서 승리한다 할지라도, 패자에게 돌아가는 건 별로 없다. 책임자는 더더욱 그렇다.

모처럼 사도사문이 되어 그동안 받아 온 푸대접에서 벗어날 수 있는 기회를 이렇게 놓칠 수는 없었다.

무엇보다 방금 전의 말은 허세 같은 게 아니었다. 실제로 궁귀검수가 지쳐 있을 것이라고 확신했다.

나각은 포권을 하듯 손을 모았다. 통이 크고 긴 소매 덕에 수인(手印)은 보이지 않았다. 이게 노림수다.

술진문은 사술과 진법에 능하다. 나각은 특히나 사술이 특기였다.

"귀진박(鬼晉搏)!"

기분 나쁜 아지랑이가 그의 몸에서 흘러나왔다. 흔히들 말하는 사기(邪氣)가 뿜어져 나와 소용돌이쳤다.

커다란 회오리를 만들던 사기는 이윽고 몇 줄기로 나뉘어 뻗쳐 나가 주서천의 몸을 옭아맸다.

"으하핫, 어떠냐!"

귀진박은 몸을 움직이지 못하게 하는 술법이다. 그러나 내기가 충만한 자에게는 통하지 않는다.

고수라면 두말할 것도 없다. 정말로 크게 지치지 않는 이상 성공할 확률은 낮았다.

"……."

주서천은 화살을 시위에 건 채 움직이지 않았다.

나각은 그걸 보고 자랑하듯 크게 웃었다.

"크하하하, 멍청한 놈. 지쳐 있다고 하더라고 움직여야 했다. 활을 귀신같이 다뤄 봤자…… 으허억!"

피융!

화살이 시위에서 떠나 나각의 뺨을 스쳤다. 가느다란 붉은 선이 그어지면서 핏방울이 또르르 떨어졌다.

"쯧."

주서천이 마음에 안 드는 듯 눈살을 찌푸렸다.

"술진문주는 술진문주인가. 확실히 보통은 아니군."

궁술만 치자면 옛적에 백발백중의 경지에 오른 주서천이다. 그에게 빗나감 따위는 없다.

나각을 방심하게 만들고 저격해서 죽이려 했는데 귀진박의 영향으로 오차가 생겼다.

"좋아, 그러면 이건 어떠냐!"

나각이 얼빠진 표정을 짓는 사이, 화살통에 있는 걸 전부 꺼내 시위에 걸고 위를 향해서 쏘아 올랐다.

오시(五矢)가 해를 떨어뜨리려는 듯이 높이 올랐다가 나각의 머리 위로 낙하했다.

"위험합니다!"

호위인 야수문도가 몸을 급히 날려 화살을 쳐 냈다.

한 명도 아니고 셋이나 붙어서 전부 막아 냈다.

'멀쩡하다고?'

술진문주의 안색이 백지장처럼 하얗게 질렸다.

귀진박이 통하지 않는다는 건 지치지 않았다는 의미다. 도대체 내공이 얼마기에 그게 가능한가 싶었다.

나각의 눈에는 주서천이 사람이 아니라 괴물로 보였다.

"술, 진, 문, 주!"

주서천이 일부러 들으라는 듯 한 자 한 자 끊으면서 소리를 질렀다. 그야말로 저승사자의 목소리였다.

타앗!

허벅지 근육이 부풀어 오른다. 용천혈로 내공이 뿜어져 나왔다. 그 몸이 활등처럼 굽었다가 튕겨졌다.

"마, 막아!"

나각이 다급한 목소리로 외쳤다. 야수문도와 쌍도문도, 그리고 내단검문의 무사들까지 앞으로 나섰다.

호위만 해도 삼십이 넘었으나 주서천 앞에서 숫자는 무의미했다. 멧돼지처럼 돌격해 철검을 휘둘렀다.

철검이 무게와 속도에 비례하여 경천동지할 위력을 냈다. 그 무시무시한 파괴력에 비명이 터졌다.

"아아악!"

"크악!"

휘두른 검의 풍압만으로 나가떨어지는 자들도 있었는데, 차라리 그게 나았다. 끝까지 버틴 자들은 이류건 일류건 간에 경지에 상관없이 몸이 두 조각났다.

눈앞에서 피로 된 안개가 자욱하게 낀 걸 본 나각이 아연실색하며 제대로 된 반격에도 나서지 못했다.

'내, 내력! 그래, 내력이다!'

나각이 위기 속에서 무언가를 떠올렸다. 그는 겉으론 겁먹은 척하면서 비장의 술수를 준비했다.

괴물이 후폭풍을 남기면서 쭉 날아온다. 마치 유성우가 지나간 듯 그 주변은 쑥대밭이 됐다.

'역류탄(逆流彈)!'

상대의 내력을 이용해 그대로 튕겨 내는 술법이다.

하나 그 순간을 잘 맞춰야 하는 데다가, 술법이 성공한다 할지라도 여러 부작용이 있었다.

무엇보다 상위의 경지에 올라야 하고, 술법자 본인의 내공 소모도 심각해 잘 쓰이지는 않았다.

그러나 지금 그런 걸 하나하나 따질 때인가. 저승사자 코앞까지 찾아간 명줄을 구해 내야만 했다.

'와라!'

사람은 위기일수록 기지를 발휘하는 법. 나각은 주서천의 공격에 절묘하게 맞춰 역류탄을 사용했다.

"됐…… 커헉!"

이럴 수가!

　벌써 몇 번이나 놀랐는지 모른다. 그러나 지금 이 순간만큼 경악한 적은 없었다.

"어째……서……?"

　분명히 전속력으로 들어오는 걸 확인했다.

　역류탄을 사용해야겠다고 마음먹은 것도 찰나의 순간이니, 눈치챌 가능성도 거의 없었다.

　그런데 어떻게 된 영문인지 주서천은 예상했다는 듯이 접근하기 직전 내력을 거두고 손을 뻗었다.

"애……초에…… 어떻……게…….."

　나각이 목을 붙들린 채로 목소리를 쥐어짜 냈다. 어딘가 듣기 싫은 그 목소리에는 의아함이 묻어났다.

　눈치라거나 하는 수준이 아니다. 마치 역류탄의 존재를 알고 있는 것처럼 행동했다.

　말했다시피 역류탄은 조건이 워낙 까다로워 술진문에서도 잘 쓰이지 않아 정보가 밝혀져 있지 않다.

"알고 있었으니까."

　주서천이 씨익 웃었다. 양손으로 쥐고 있던 검은 왼손으로 옮겨졌고, 목을 쥔 오른손에 힘이 들어갔다.

우드득!

술진문주 나각은 그렇게 최대의 의문도 풀지 못한 채, 목이 부러져 축 늘어졌다.

"이럴 수가……."

"술진문주가 죽었다고……?"

"나각이 죽었다!"

외부에서의 습격은 나각이 총지휘하고 있었다.

나머지 삼문의 문주들이나, 지휘를 맡을 만한 고수들은 사도천주의 합공을 위해 그에게 위임했다.

그런데 그 총지휘관인 나각이 별다른 힘 하나 내지 못하고 아군 한복판에서 허무하게 쓰러졌다.

'예상대로 역류탄을 사용했구나.'

주서천은 나각의 가슴에 검을 꽂아 확인 사살을 했다. 목숨을 연명하는 사술도 있으니 조심해야 했다.

'정사대전 때였지?'

누군지는 잘 기억나지 않지만, 정파의 지휘관이 무리해서 들어갔다가 역류탄에 맞아 목숨을 잃었다.

당시 정파가 사파에게 승리하고 있었는데, 하필이면 그일로 지휘를 잃어 역으로 당해 버렸다.

그야말로 역류탄. 그때의 고생이 기억으로 남아 있어서

혹시 몰라 마지막에 내력을 거둔 게 다행이었다.

"술진문주 나각은 나 궁귀검수에 의해 죽었다!"

주서천이 피가 묻은 검을 보이며 소리쳤다.

"와아아아!"

사도천 무인들의 함성 소리가 커졌다. 마른하늘에 우레가 친 것처럼 고막을 때렸다.

"으으으!"

"어, 어떻게 하지?"

두뇌이자 심장부가 꿰뚫렸다.

술진문의 장로들이 남아 있긴 했지만, 문주를 잃은 충격에 제대로 된 반응을 보이지 못했다.

무엇보다 주서천의 무위가 너무 압도적이었다. 다들 하나같이 공포에 질린 얼굴로 뒤로 물러났다.

주서천은 혹시나 이번에도 내공이다 뭐다 할까 싶어 일부러 보란 듯이 검풍을 쏘아 내서 적들을 베었다.

"무, 무리야!"

"이걸 어떻게 이기라고?"

분명 숫자는 아직까지도 우세했으나 사기는 상대가 압도적으로 높았다.

"천주님과 궁귀검수가 있는 한 우리에게 패배란 없다!"

막두가 환하게 웃으면서 검을 들어 올렸다.

"가자아—!"

한편, 본부의 내각도 격렬한 건 마찬가지였다.

이십(二十).

하수도 아니고, 고수들로만 구성된 정예들이다. 그것도 모자라 그 안에는 사도팔문주가 무려 셋이나 포함됐다.

믿기지 않겠지만 이 정도의 인원을 오직 한 사람을 죽이기 위해서 준비했다. 승리를 의심치 않았다.

그러나…….

"크, 크허억!"

벌써 열세 명의 고수가 나가떨어졌다.

시간이 얼마나 지났는지는 모른다. 그러나 짧진 않았다. 긴 시간이 흘렀는데도 승부가 나지 않았다.

"도대체……."

임초건이 질린 목소리를 냈다. 처음에 자신만만했던 그 얼굴은 조금씩 불안으로 얼룩지기 시작했다.

아무리 상천십좌라 할지라도, 이십이나 되는 고수들의 합공에는 버티지 못할 것이라고 생각했다.

그러나 이게 웬일인가. 손쉽게 이기기는커녕 반이나 넘게 목숨을 잃었다.

"자신들이 어떤 선택을 했는지 후회가 되나?"

사도천주가 위엄 어린 눈으로 묻는다. 합공을 당했는데도 그 몸은 상처 하나 없이 멀쩡하기만 했다.

중원, 아니 강호 무림에서 열 명에게만 허락된 자리 상천십좌. 허명이 아니라는 듯 신위를 증명했다.

"후회?"

철무명환이 같잖다는 듯 코웃음을 쳤다.

그리 합공을 퍼부었는데도 상처 하나 입지 않은 적의 모습을 보고도 전혀 주눅 들지 않았다.

"후회는커녕 과거의 나 자신이 너무나도 자랑스러워 동네방네 소문을 내고 싶을 정도다, 천주."

"젊어서 그런지 혈기가 넘치는구나. 애송이."

"과연 이게 젊어서 그런 것일까?"

철무명환이 진각을 밟았다. 검에 기를 실어 자신이 건재하다는 것을 보란 듯이 자랑했다.

'과연, 내단검문.'

'패도제공의 영역 안에서도 저 정도라니……'

패도제공이 무적이고 절대적이진 않다. 사람이 만든 무공인 이상 약점은 있는 법이다.

일단 하나는 범위이다. 일정한 영역을 지배하는 패도제공도 범위 안에 들어오지 않으면 안 걸린다.

나머지 하나는 내공인데, 이것이 특히 중요하다. 영약이

건 운기조식으로 쌓건 간에 내공의 총량이 많거나 그 순도
가 진하다면 영역이란 것도 소용이 없다.

그러나 이러한 조건도 까다롭다. 내공이 그냥 많은 것이
아니라 정말, 굉장히 많아야 했다.

특히나 사도천주는 상천십좌라는 절대고수가 아닌가. 거
기에 대응하려면 일 갑자로는 가당치도 않았다.

현실적으로는 화경 이상의 경지가 아니라면 힘들며, 설
사 비슷하다고 해도 영향에서 완전히 벗어날 수는 없었다.
화경 이하라면 두말할 것도 없었다.

그러나 내단검문주 철무명환은 조금 특이했다.

경지 자체는 화경이다. 그러나 보유한 내공량이 상천십
좌에 견줄 정도로 많았다.

그 비밀에는 내단검문의 연단술과 내공 심법에 있다. 영
양의 제조가 무당이나 소림에 견줄 정도로 수준이 높은 데
다, 심법이 이런 방면으로 특화되어 있다.

예를 들어 일반적인 무인이 내단을 복용한다면 십(十)의
기운 중에서 칠(七) 정도만 흡수에 성공한다.

그러나 내단검문의 고유 심법을 사용한다면 칠이 아니라
팔에서 구, 혹은 십 전부까지 흡수한다.

"실력이 없으니 영약으로 대체하려는 모습이 참으로 꼴
사나워서 웃음밖에 나오지 않는구나. 흐흐."

"으하하하!"

철무명환이 도저히 못 참겠다는 듯이 웃어 댔다.

"천주. 아까부터 버러지라 생각하는 우리들을 쓰러뜨리는 속도가 점점 늦어지는구려."

"……아!"

임초건이 무언가 눈치챈 듯 탄성을 내뱉었다.

"과연, 그런가."

갈홍석도 이해한 듯 고개를 주억거렸다.

"영감탱이도 한낱 사람에 불과했구나!"

담리백이 환하게 웃으면서 확신했다.

사도천주는 지쳤다고.

철무명환이 말한 대로였다.

처음에는 준비한 고수들이 순식간에 당했다. 하지만 시간이 지나면서 그 속도가 눈에 띄게 줄었다.

이렇게 준비했는데도 쉽게 쓰러뜨리지 못한 것은 믿을 수 없을 만큼 놀라운 일이지만, 그래도 타격을 못 입힌 건 아니었다. 사도천주가 정말로 아무렇지 않다면 어깨 위에 있는 머리들이 순식간에 떨어지고도 남았어야 한다.

하기야, 상천십좌라고 할지라도 한계가 있는 법. 무려 스무 명의 정예들과 상대했으니 지칠 만했다.

'꽁.'

사도천주는 긍정도 부정도 하지 않았지만, 속으로는 짜증이 나는지 중얼거렸다.

'성가신 놈들.'

확실히 틀린 말은 아니었다. 지쳐 가고 있었다.

이십의 고수들 중에서 화경의 고수만 넷이었다. 그만큼 패도제공에 들어가는 내공이 많았다.

패도제공의 영역 지배는 그 효과가 확실한 만큼 운용과 통제 능력, 많은 내공량이 요구된다. 영역 안에 있는 강자의 숫자만큼 그 요구량은 더더욱 높아진다.

그렇다 보니 그리 오랫동안 유지할 순 없었다. 반 시진도 채 남지 않았다. 길어 봤자 이 다경 정도다.

그러나 상황이 아주 절망적이진 않았다. 철무명환 정도를 제외하곤 전부 지친 기색이었다.

'단번에 끝낸다.'

여유를 부릴 수는 없었다. 시간을 끌면 끌수록 유리해지는 것은 저들이었다.

실력 차가 있어서 목숨을 잃진 않겠지만, 팔다리 중 하나는 내줘야 할지도 모른다. 그리고 외부의 습격은 어떻게 되고 있을지가 마음에 걸렸다.

'일곱인가.'

화경의 고수가 넷이고 나머지 셋은 초절정이었다.

초절정이라고 우습게 볼 수는 없었다. 끝까지 남은 만큼, 실력도 뛰어났다. 초절정 중에서도 최상위다.

'이름도 모를 하찮은 것들부터 처리해 주지.'

화경의 고수만 넷이다. 자신만큼은 아니지만 연륜에 따른 경험도 그만큼 많다.

이제 막 화경에 오른 애송이라면 모를까, 경험도 다분한 화경을 넷이나 상대해야 하는 상황에서 초절정 고수 셋의 존재는 신경이 쓰일 수밖에 없었다.

"전부 내 앞에 무릎 꿇으라!"

사도천주가 위엄 어린 외침을 내뿜었다. 야수문의 짐승 울음소리보다 거대했다. 일곱 명밖에 남지 않은 사파의 고수들은 몸을 움찔 떨곤 움직이지 못했다.

'이때다!'

사도천주가 수염을 휘날리면서 땅을 박차고 날랐다. 어찌나 빠르게 움직였는지 잔상만이 남았다.

정면에서 좌측, 임초건의 곁부터 공략에 나섰다. 목표는 임초건이 아닌 야수문의 초절정 고수였다.

"합!"

짧은 기합에 이어 곧바로 이어지는 일장(一掌)!

손바닥도 그냥 손바닥이 아니다. 잘 보면 강기가 실려 있었다.

"크하악!"

야수문의 초절정 고수가 아무런 반격도 하지 못한 채, 흉부에 손바닥을 쳐 맞고 뒤로 날아가 굴렀다.

"헛!"

임초건이 놀라면서 양팔을 모았다. 다음 공격에 막아서려 했다.

그러나 사도천주의 목표는 임초건이 아니었다. 그를 지나쳐서 쌍도문과 내단검문의 초절정 고수들에게 접근해 각각 장풍을 쏘아 내고, 일권을 내질렀다.

파바밧!

"아아악!"

패도제공이 발동되는 동안, 일정한 범위 내에서 그들의 움직임은 자유롭지 않다.

내공의 순환이 느려지고, 반사 신경을 비롯한 감각이 둔해지다 보니 어쩔 수 없었다.

이렇게 손쉽게 당할 수준은 아니었으나 사도천주가 공세를 폭풍같이 가하자 추풍낙엽처럼 쓰러졌다.

사도천주의 안광에서 불이 뿜어져 나왔다. 셋을 처리했으니, 이 일을 저지른 놈들을 쳐 죽이리라.

"이때만을 기다렸다!"

담리백이 기다렸다는 듯이 움직였다. 임초건과 강홍석,

철무명환이 사방에서 사도천주를 포위했다.

사도천주가 물러날 틈도 주지 않았다. 위험을 무릅쓰고 접근하여 각자 절초를 펼쳤다.

임초건의 야수조법(野獸爪法) 호왕조(虎王爪)!

산의 왕, 호랑이의 발톱이 사도천주를 덮친다.

갈홍석의 쌍도법(雙刀法) 폭풍(爆風)!

쌍도로 일으킨 폭풍이 사도천주를 찢어발긴다.

철무명환의 내단검법(內丹劍法) 해일(海溢)!

무식하기 그지없는 내력의 파도가 쏟아졌다.

"크랴아아압!"

담리백이 마무리하듯 혈안흡혈공을 보여 줬다. 그의 눈이 핏빛으로 불타오르면서 뿜어져 나왔다.

그동안 사람들을 잡아먹은 혈기가 수련자의 신체 능력을 급속도로 끌어 올려 놓았다.

내단검문의 자랑인 내력보다 더한 힘. 일순간 한계를 넘게 해 주는 힘이 화산처럼 폭발했다.

"흐아압!"

사도천주의 입에서도 괴성에 가까운 기합이 터져 나왔다. 그도 이번만큼은 긴장을 안 할 수 없었다.

머리카락이 쭈뼛 설 정도로의 위력. 그 힘을 막아 내기 위해서 패도제공을 최대로 펼쳐서 움직였다.

채채채채챙!

"크윽!"

이미 지칠 때로 지친 임초건과 갈홍석이 먼저 나가떨어졌다. 내상을 입었는지 피를 울컥 토해 냈다.

그러나 나머지 둘은 달랐다. 밀리기는커녕 멀쩡하게 버텨 낸 걸 넘어 반격에 나섰다.

"허어!"

사도천주가 놀란 기색을 금치 못했다.

마공에 손을 댄 담리백은 그렇다 쳐도, 철무명환의 저력에 대경했다. 이 정도의 고수일 줄은 몰랐다.

철무명환도, 내단검문도 이름을 떨치기 시작한 건 얼마 되지 않았다. 폭섬도문이 멸문한 이후부터였다.

원래 내단검문의 무력이나 규모는 작았다. 사도팔문에 끼기는커녕 중소 문파의 수준에 불과했다.

내단이나 영약을 필요로 하는 그 특성답게, 돈이 정말 많이 들었다. 한 사람에게 드는 돈도 적지 않고, 또 그 제자가 괜히 강호에 나갔다가 덜컥 죽기라도 한다면 손해가 이만저만이 아니다. 그렇다 보니 쟁투에도 소극적일 수밖에 없어서 잘 나오질 않았다.

처음에는 그냥 그러려니 했다. 철무명환이라는 고수가 등장해 재력을 갖춘 것이라고 생각했다.

평소의 사도천주라면 의아했을 일이었으나, 칠검전쟁이라거나 무림의 큰일이 있어 깊이 생각할 여유가 없었다.

'도대체 어떻게?'

무려 전력을 낸 패도제공의 영역 안에서 반격까지 할 수 있는 내공이다. 보통 영약으로는 불가능하다.

설사 한 사람에게 전부 쏟아 부었다고 해도, 이 정도의 내공이라면 돈이 있어도 영약을 구하지 못했을 것이다.

이런 영약이나 혹 내단을 얻으려고 했다면 정보망에 잡혔을 터. 수상쩍은 점이 한둘이 아니었다.

"끝이다!"

담리백이 욕망과 살의로 넘치는 눈을 빛냈다. 안광에서 흘러나온 핏빛이 손을 감싸 칼날을 만들어 냈다.

쐐애애앳!

소름 끼칠 정도로의 파공음. 핏빛의 칼날이 대기층을 몇 차례나 꿰뚫고, 패도제공의 벽에 구멍을 냈다.

철무명환이 담리백의 절초를 돕듯, 내단검법의 해일을 재차 사용해 사도천주의 퇴로를 막았다.

이제 막 아들이 아버지를 죽이려는 순간!

째애앵!

새하얀 빛줄기를 남기며 쏘아진 화살이 담리백의 손등을 찔렀다.

"어떤 개……!"

담리백의 얼굴이 붉으락푸르락해졌다. 손에 강기를 둘러 화살에 꿰뚫리는 일은 발생하지 않았지만, 담긴 기가 적지 않아 궤도가 틀어졌다. 사도천주는 그 틈을 노려 쌍장을 전후로 날렸다.

"크흐윽!"

"커흑!"

담리백과 철무명환이 비명을 토해 내며 밀려났다.

"화살?"

사도천주의 눈에도 이채가 서렸다.

"웬 놈이냐!"

영웅지에 흔하게 나올 법한 대사.

그러나 화살의 주인은 그 대사가 마음에 들었다.

"지나가던……."

뚜벅, 뚜벅.

박살이 난 문 앞, 활을 쥔 무인이 걸어왔다.

"네놈은…… 하오문……?"

담리백이 주서천의 거짓된 얼굴을 보고 놀랐다.

"검수올시다."

주서천이 시위에 화살을 걸며 서늘하게 웃었다.

'검수?'

검수라고 소개하다니. 뭔 헛소리인가 싶어 바라보다가, 철무명환이 기억해 내 그 이름을 불렀다.

"궁귀검수!"

"뭐, 뭣?"

흑도의 보잘것없는 겁쟁이가 왜 이곳에 나타났는지 의아해했던 담리백이 그 이름을 듣고 놀랐다.

사도천주도 매한가지였다. 회유하려고 그리 찾아다녔음에도 종적 하나 발견할 수 없었던 인물이 이렇게 직접 눈앞에 다시 나타나다니.

"아들 교육은 알아서 맡으시오, 사도천주."

주서천의 시선이 사도천주에게로 향했다가, 그 옆의 철무명환에게로 옮겨졌다.

"너, 전에 그 면사지?"

철무명환의 동공이 흔들렸다.

"그걸 어떻게!"

철무명환은 가만히 있는데 담리백이 반응했다.

'면사?'

사도천주만 이해하지 못하고 의아해했다.

"……"

철무명환의 눈이 매의 눈처럼 매서워졌다.

"머저리 같은 놈."

마치 북풍한설과도 같은 차디찬 목소리. 담리백이 머저리라는 말에 화내려는 순간, 공기가 작게 터졌다.

쐐애액!

유성처럼 궤적을 그려 내는 화살이 철무명환과 담리백의 거리를 갈라지게 만들었다.

타아앗!

이번에는 화살이 아니었다. 주서천이었다.

'역시나!'

주서천이 철무명환의 반응을 보고 확신했다.

면사라고 부른 순간, 약간의 동요가 있었다. 그리고 옆에 선 담리백이 반응하자 분위기가 확 바뀌었다.

방금 전까지와 전혀 다른 사람이라고 말하는 것 같았다.

"하아압!"

복근에 힘을 꽉 주고 무게를 늘린다. 속력에 힘을 가해서 양손으로 쥔 검을 힘껏 휘둘렀다.

콰앙!

검이 지면에 꽂히면서 폭발을 일으켰다. 원래는 철무명환을 노렸으나, 닿기 직전 그가 뒤로 물러났다.

"허억!"

귀청이 찢어질 정도의 폭음에 잠시 정신을 잃었던 임초건과 갈홍석이 눈을 번쩍 뜨며 일어났다.

고수답게 일어나자마자 각자 병장기를 꼬나 쥐고 몸을 웅크려 수비세를 취했지만, 공격은 없었다.

그 대신 쾅, 하는 폭음이 고막을 재차 때렸다.

"도대체 뭐하는 놈이냐."

철무명환의 스산한 눈동자에 주서천이 비쳤다.

얼마 전에 봤던 하오문의 장로. 그러나 그때 봤을 때 이런 기도는 느껴지지 않았다.

혹시 몰라 약간의 조사를 하긴 했다. 그러나 별다른 건 나오지 않았다.

물론 소속이 하오문인지라 그걸 그대로 믿진 않았다. 그러나 자세히 알아내기에는 시간이 부족했다. 어차피 딱히 이렇다 할 고수로 보이지도 않고, 신경 쓸 일이 여럿이라 그냥 넘겼었는데 그게 실수였다.

"내단검문, 내단검문이라……."

주서천이 답하지 않고 의미심장하게 중얼거렸다.

'기억에는 없다.'

전생에서 그 이름을 들어 본 적은 없었다. 오직 현생에서만이다.

최초로 들었던 건 역시 멸문한 폭섬도문의 자리를 대신 차지했을 때였지만, 딱히 의심하지는 않았다.

원래의 역사에선 폭섬도문이 멸문을 맞게 되는 건 한참

뒤의 일, 그것도 칠검전쟁 등으로 세력 구도에 변화가 있을 때다. 그 일로 미래를 전혀 예측할 수 없게 됐으니 이상하게 여기지 않았다.

'그러나, 이젠 쉬이 넘길 수는 없다.'

여기에 오기 전까지만 해도 내단검문에 대해 별다른 생각이 없었다. 그러나 지금은 다르다.

내단검문주, 철무명환. 그에게서 며칠 전에 본 면사가 겹쳐지자마자 주먹에 힘이 불끈 들어갔다.

두근. 두근.

세차게 뛰는 맥박. 머리카락이 쭈뼛 서는 느낌과 무언가 벅차오르는 격앙된 감정이 철무명환을 보고 보통 적이 아니라면서 경종을 울렸다.

"누구냐?"

주서천은 무심코 생각을 입 바깥으로 꺼냈다.

"……."

철무명환은 대답하지 않았다. 그저 경계하는 눈초리로 주서천을 노려봤다.

'천추?'

칠성사의 중심이자 핵. 그러나 철무명환은 아니다.

천추는 사파가 아닌 정파에 있다.

'천기를 제외하면 천권, 옥형, 개양 정도인가. 요광도 이

곳에 있을 리는 없고……'

천기야 전면으로 나서지 않는 인물이니 제외하는 건 당연. 요광도 여러 연유로 여기에는 있을 수 없다.

그렇다면 천권과 옥형, 개양 중에 하나였다.

그 외에는 생각할 수 없다. 도감부장이야 돌아다니고, 그이하 신분은 감히 상천십좌에게 덤빌 수 없다.

애초에 천기나 암천회주가 이런 중요한 일을 수뇌 외에게 맡길 리가 없었다.

'아니, 이런 추측은 무의미하지.'

주서천이 주먹을 쥐락펴락했다. 보이진 않으나 땀을 흘려 축축해졌다.

"어차피 죽이면 되는 일이니까."

콰아아아아!

살의를 품은 순간을 기점으로 그의 하단전에 저장되어 있는 내력이 외부로 표출되며 주변을 뒤덮었다.

상식을 넘어선 양. 내단검문주조차 움찔거리는 그 무식할 정도의 양에 좌중의 모두가 대경했다.

'궁귀검수가 저리 대단했던가?'

사도천주도 무표정했지만 속으로는 꽤나 놀랐다.

'저딴 놈이 어디서 튀어나온 거냐?'

임초건과 갈홍석이 큭, 하고 신음을 흘렸다. 내상을 입어서 그런지 방출된 기운조차 버티기가 힘들다.

"건방진 놈! 감히 내가 누군지 알고!"

이중적인 의미였다.

내단검문주이자 암천회 칠성사의 자존심이 보였다.

"알지."

부웅!

처음에는 대검을 휘두른 줄 알았다. 그러나 아니었다. 평범한 철검이 공기를 짓누르는 검압을 만들었다.

힘.

원초적인 순수한 폭력. 그 힘이 공기째로 밀어내면서 몇 배나 더해진 무게로 철무명환을 덮친다.

쿠아아아앙!

분명 검과 검이 부딪쳤는데, 어찌 된 영문인지 폭음이 터졌다. 일격을 막아 낸 철무명환의 얼굴이 참혹하게 일그러졌다. 힘의 여파가 아직도 남는지 그가 쥔 검도 찌르르 울렸다.

파지직.

대리석으로 된 바닥에 금이 갔다. 근육이 도드라진 다리도 후들거리며 뒤로 약간이나마 밀려났다.

"뭔……."

압도적인 근력에 철무명환이 말을 잇지 못한다.

거기서 끝난 게 아니다. 검을 맞댄 채 전해져 오는 무게가 미약하게나마 증가하고 있었다.

위험하다고 판단하여 뒤로 물러나려는 순간, 주서천이 입가에 짙은 미소를 지었다.

그리고 일순간, 그 눈동자가 살짝 녹색으로 빛났다.

'독?'

철무명환의 안색이 변했다. 누가 이기나 내력 대결을 하려 했지만 생각을 바꾸고 뒤로 휙 물러났다.

사파인이 독을 쓰는 건 흔한 일이라 이상하진 않다. 그러나 지금 같은 상황에선 좀 다르다.

검법으로 전력을 내고 있는 도중, 위협이 될 만한 독을 내뿜다니. 의구심이 점점 더 깊어졌다.

"어딜!"

쾅!

뒤꿈치가 올라간다. 그 밑으로 대리석이 박살 나면서 위로 치솟는다.

후폭풍을 만들어 내며 돌진하는 건 사람의 모습을 한 무소. 마치 외뿔을 세운 것처럼 검을 들었다.

주서천이 지나가는 곳마다 쑥대밭이 된다. 제련된 대리석 바닥이 깨지고, 솟구치고, 박살이 났다.

"흥!"

무시무시한 기세에도 철무명환은 두려워하기는커녕 콧방귀를 꼈다.

아무리 무공에 자신이 있어도 저리 무식하게 돌진해 오는 건 자살 행위였다. 경로도 너무 단조롭다.

"죽어라!"

피할 필요도 없었다. 전력을 다해 돌진해 온다면, 도리어 그 힘을 이용해 검을 앞으로 세워 찌르면 된다.

남들이라면 그 공격조차 제대로 넣지 못하고 쓸려 나가겠으나 자신 같은 고수의 경우는 다르리라.

"어리석은 놈!"

졸지에 구경꾼이 된 임초건과 갈홍석도 비웃었다.

대리석을 박살내면서 돌진하면 뭐하나. 선회하지 않고 저대로 간다면 검강에 몸이 둘로 나뉜다.

휘잉!

그러나 그 확신은 틀렸다. 그다음으로 벌어진 일은 예상 외의 일이었다.

"뭐, 뭣……!"

철무명환의 얼굴이 경악으로 물든다.

쿠아아아아아아앙!

방금 전과는 비교도 안 될 정도의 굉음이 터졌다. 우레가 한꺼번에 수십 개씩 내려친 소리였다.

외뿔을 든 무소, 주서천이 철무명환에게 처박혔다.

회피는 없었다. 있는 그대로 몸을 날렸다.

원래라면 철무명환의 검강이 철검을 비껴 나가 상체와 하체를 분리했어야 한다. 하나 그러지 못했다.

"호신강기라고?"

어찌나 놀랐는지 침이 흘러나올 정도로 입이 떡 벌어졌다.

검강을 두르는 것까지는 이곳에서 누구나 할 수 있다. 반대로 사용할 수 없다면 끼어들 수 없다.

그러나 호신강기는 조금 다르다. 사용은 가능하되, 내력의 소모가 심각해 아무나 쓸 수 있는 게 아니다.

사용한다고 해도 순간이 한계다. 그런데 그걸 장기간 유지한 것도 모자라, 방어가 아닌 공격에 썼다.

"아니, 어떻……."

콰아앙!

그다음 말은 잇지 못했다. 화경의 고수들 중에서도 대량의 내공을 자랑하는 그의 검강이 사라졌다.

기의 응축, 순도, 양. 전부 밀렸다.

강기의 대결 중 한쪽이 사라지자, 답은 뻔했다. 호신강기로 이뤄진 몸통 박치기에 철무명환이 날아갔다.

그냥 날아간 게 아니다. 수면 위에 돌멩이를 튕기듯, 그 몸이 대리석 바닥에 부딪치며 튕겼다.

'커허억!'

고통으로 가득 찬 소리조차 내지 못한다. 그저 몸의 충격을 최소화하기 위해, 몸을 최대한 보호했다.

그러나 그것도 잠시. 앞으로 쭉 날아간 철무명환은 벽에 구멍을 내면서 바깥까지 날아가 버렸다.

"아직."

남들이 본다면 충분히 끝난 일이다. 절대 철무명환이 무사하지 못할 거라 생각하겠지.

그러나 주서천은 아니다. 힘을 줄이기는커녕 힘껏 끌어올린다. 신행백변으로 태세를 바꿨다.

무게를 버리고, 가벼움을 얻는다. 동시에 기척도 없애 버렸다. 무릎을 굽혔다. 허벅지 근육이 대퇴골을 살짝 누른다. 이 과정조차도 찰나에 불과했다.

타아앗!

주변의 광경이 순식간에 지나친다. 담리백과 사도천주의 얼굴이 보였지만, 깔끔하게 무시했다.

화려하게 장식된 내부를 지나쳤다. 무너져 내린 구멍을 통해 바깥으로 나왔다. 시선 아래로 서로 병장기를 부딪치며 격렬하게 싸우는 사파인이 보인다. 흙먼지가 코를 찔렀다.

그러나 주서천의 눈동자는 오직 한곳으로만 향했다. 튕겨져 나가 허공에 두둥실 떠오른 철무명환이다.

유령이 된 그도 새처럼 날았다. 아쉽게도 경공술의 최고 경지인 허공답보나 능공허도는 아니었다.

그러나 지면을 박찬 힘으로 팔다리를 휘저으며 떨어지려는 철무명환의 앞까지는 근접할 수 있었다.

"우오오옷!"

숨을 크게 들이쉬었다가 고함을 내질렀다. 그 고함에 발밑의 싸움이 잠시 멈췄다.

'칠성사!'

주서천은 확신했다.

공중에 뜬 철무명환이 고통을 참아 내며, 끝까지 놓지 않은 검을 보며 역시 암천회라 생각했다.

설사 화경이라 할지라도, 방금 전 일격에 버텨 낼 재간은 없었다. 원래라면 당황해하고 있어야 한다.

그러나 철무명환은 아니다. 천선이 절로 떠오를 정도로의 오기. 괴물처럼 느껴지는 무공이 증명한다.

그래서 방심하지 않았다.

섣부른 판단을 내리지 않았다.

암천회라면, 칠성사라면 반드시 살아남는다.

의심은 없었다. 확신만이 있었다.

어깨를 뒤로 돌린다. 양손을 머리 뒤에 둔다. 손에 꽉 쥐어진 검에 전부를 담듯 강기를 실었다.

복잡한 초식이 있는 게 아니다. 특별한 무언가가 있는 것도 아니다.

그저, 무게를 담았다.

과거를.

현재를.

미래를.

인생을.

모든 걸 담아, 무게로 전환해 내리그었다.

휘이이이이잉!

그것은 검이었고, 삶이었고, 둔기였다. 철퇴가 된 그 검이 위에서 아래로 힘껏 내리꽂혔다.

콰아아앙!

"카아악!"

철무명환의 손에서 검이 미끄러졌다.

째쟁!

동시에 주서천의 검도 버티지 못하고 부서졌다.

그리고, 철무명환도 직각으로 꺾여 아래로 떨어졌다. 마치 별똥별이 떨어진 모양새였다.

"으아악!"

"아악!"

그 충격파가 파도가 되어 주변을 뒤덮었다. 멀쩡히 싸우던 무사들이 비명을 지르며 나가떨어졌다.

철무명환이 박힌 곳의 지면도 엉망진창이었다. 원형으로 무려 일 장이나 움푹 파이고, 내려앉았다.

흙먼지가 구름처럼 피어올라 주변을 뒤덮었다.

"쿨럭!"

주변이 흙먼지로 뿌옇다. 그 속에서 희미하게 철무명환의 신음 소리가 들린다.

"……."

주서천도 멀쩡하진 못했다. 모든 걸 쏟아 부어 착지도 제대로 하지 못했다.

무엇보다 과한 무게를 담아서 그런지 팔의 상태가 영 좋지 못했다. 왼팔은 뼈가 부러졌다.

찢어진 옷자락, 찢어진 이마에서 흘러내리는 핏방울, 흙먼지로 가득한 머리는 거지꼴 그 자체다.

그러나 신음 하나 흘리지 않는다. 강렬한 의지를 담은 눈을 빛내면서 깊게 파인 구덩이로 향했다.

"끄억, 끄흐윽……."

살아 있다. 질긴 목숨이다. 울음인지 신음인지도 모를 소리였다. 만신창이가 된 철무명환이 언뜻 보인다.

주서천은 구덩이를 내려다보다, 무언가 떠올린 듯 입을 달싹였다.

"개양치곤 약하군."

"……!"

"천권인가."

철무명환이 눈을 부릅떴다. 동공이 지진이라도 일어난 것처럼 흔들렸다. 경악과 불신이 느껴졌다.

"도……대체…… 누……구……."

힘겹게 쥐어짜 내는 목소리. 주서천은 목소리의 주인을 내려다보다가 자그마한 목소리로 중얼거렸다.

"화산파."

철무명환의 숨결이 옅어진다.

"주서천."

그 이름을 듣자마자 몸이 부르르 떨렸지만, 그걸로 끝이었다. 철무명환, 천권의 심장이 정지했다.

〈다음 권에 계속〉

하라칸

쥬논 판타지 장편소설

핏빛 판타지의 연금술사, 쥬논.
그가 펼치는 공포와 선혈의 환상 세계!

『흡혈왕 바하문트』, 『샤피로』를 잇는 그 세 번째 이야기.
검푸른 마해(魔海)의 세계에 그대를 초대합니다.

dream
books
드림북스

요도 김남재 신무협 장편소설

ORIENTAL FANTASY STORY & ADVENTURE

「지옥왕」,「요마전설」의 작가!
요도 김남재 신무협 장편소설

천하를 통일한 마교의 대공자 혁련휘.
오랜 세월 동안 행방불명되어 죽은 줄만 알았던 그가
동생의 복수를 위해 강호 무림에 칼을 겨눈다!

dream
books
드림북스

『제왕록』, 『무림에 가다』 시리즈의 작가 박정수
그가 거침없는 현대 판타지로 돌아왔다!

『신화의 전장』

주먹을 믿지 마라.
우리가 살아가는 이 땅에 인간을 벗어난 자들이 존재한다.

★
dream
books
드림북스